삼국지

더 비기닝

담덕사랑 장편소설

FUSION FANTASTIC STORY

삼국지 더 비기닝 3

담덕사랑 장편소설

초판 1쇄 찍은 날 § 2017년 5월 8일
초판 1쇄 펴낸 날 § 2017년 5월 15일

지은이 § 담덕사랑
펴낸이 § 서경석

편집책임 § 김경민

펴낸곳 § 도서출판 청어람
등록번호 § 제387-1999-000006호
등록일자 § 1999. 5. 31
어람번호 § 제1-2686호

주소 § 경기도 부천시 부일로 483번길 40 서경B/D 3F (우) 14640
전화 § 032-656-4452 팩스 § 032-656-4453
http://www.chungeoram.com
E-mail § chungeorambook@daum.net

© 담덕사랑, 2017

ISBN 979-11-04-91316-7 04810
ISBN 979-11-04-91263-4 (세트)

③

三國志

담덕사랑 장편소설

FUSION FANTASTIC STORY

삼국지

더 비기닝

청어람
도서출판

목차

제1장
황건적의 두령 관해

태사자는 말을 이끌고 천천히 해안가 마을로 걸어갔다.

마을 입구를 지키고 있는 아름드리 버드나무를 보자 그는 만감이 교차했다.

자사 놈의 위협을 피해 도망치듯 요동으로 떠난 것이 벌써 5년이나 되었다.

요동에서 혼인을 하고, 자식까지 낳았지만 시간이 갈수록 고향이 그리워졌다. 다시는 고향으로 돌아갈 수 없을 것이라고 체념했던 지난날이 떠올랐고, 마치 지금 이 순간이 꿈을 꾸는 것만 같았다.

버드나무 아래에 모여 있었던 노인들은 누군가 싶어 그를 물끄러미 바라만 보고 있었다.

그러던 중에 한 노인이 태사자를 알아보고는 놀라 소리쳤다.

"아니! 너는!"

노인이 자신을 알아보자 황급히 다가가는 태사자였다.

"안녕하세요, 어르신."

"세, 세상에! 태사자!"

"누군가 했더니! 태사자가 아니냐!"

"진짜네!"

다른 노인들도 태사자를 알아보고는 놀라서 호들갑을 떨기 시작했다.

순식간에 마을 입구는 마치 번잡한 시장통으로 변해 버렸다.

그렇게 서로의 안부를 묻는 반가운 해후(오랫동안 헤어졌다가 뜻밖에 다시 만남)는 잠시, 모두들 태사자를 걱정하기 시작했다.

"여기는 왜 왔어! 자사 놈이 알기 전에 어서 도망치거라!"

"그래, 너는 여기 오면 죽음이다."

"그래도 여기까지 왔으니 모친이라도 만나보고 가야지. 그런 후에 떠나거라."

마을의 노인들이 자신을 걱정하는 모습에 태사자는 마침내 그리운 고향으로 돌아왔다는 것을 실감했다. 그 때문에 태사자의 입가에 웃음꽃이 피어났다.

"어르신들, 이제 저는 괜찮습니다."

"그게 무슨 말이냐?"

"설마 자사 놈이 죽기라도 했다는 것이냐?"

　노인들이 하나같이 놀란 표정을 내보이며 말했다.

　그에 태사자는 그동안 있었던 일들을 간략하게 설명했다.

　자신이 요동으로 도망쳤고, 그곳에서 혼인을 하여 아들까지 있다고 말이다. 그리고 유주의 황숙 유우의 손녀사위를 섬기게 되었다는 것도 그들에게 알려주었다.

　그런 설명을 듣자 노인들의 표정은 마치 약속이라도 한 듯이 일제히 밝아졌다.

"오! 황숙의 손녀사위를 섬긴다면 아무리 자사 놈이라 하여도 너를 함부로 대하지는 못하겠구나."

"잘되었다. 정말 잘되었다."

"이러지 말고, 어서 집에 가보거라."

"이보게들, 오늘 같은 날 가만히 있으면 되겠나!"

"그래! 태사자가 돌아왔으니 돼지라도 잡자고!"

　노인들은 마치 자신의 아들이 고향으로 돌아온 것처럼 기뻐하며 축하를 해주었다.

태사자는 그들에게 일일이 인사를 하고는 말을 몰아 고향 집으로 다가갔다.

허름하지만 그렇다고 해서 지저분하지 않은 고향집 대문을 살짝 밀치는 그였다.

끼이익!

고향집 대문을 열자 괴상스러운 소리가 울려 퍼졌다.

잠시 시간이 지나자, 허름한 벽돌집의 문이 열리더니 작은 체구의 중년 여인이 나타났다.

"누구시오?"

"어머니!"

"아이고! 이게 누구야!"

태사자의 모친은 갑작스럽게 나타난 아들을 보고는 말을 잇지 못하고 망부석처럼 굳어버렸다.

어느새 눈물이 볼을 타고 흘러내린 태사자가 모친 앞에 엎드려 절을 했다.

"어머니! 소자 이제야 돌아왔습니다."

"어, 어디 보자!"

태사자의 모친은 엎드려 있는 아들의 얼굴을 바라보더니 갑자기 와락 껴안았다.

"정말 내 새끼가 맞구나!"

"어머니!"

"아이고! 이놈아……."

태사자의 모친은 목이 메어 말이 나오지가 않았다. 그저 아들을 껴안은 채로 등만 두드려댈 뿐이었다.

그러다 어느 정도 안정이 되자 눈물을 흘리며 말했다.

"죽지 않고 살아 있다 보니 내 새끼를 다시 보는구나!"

"죄송합니다. 어머니."

"되었다, 이렇게 살아 돌아왔으니 되었어……."

아들의 손을 부여잡으면서 하염없이 눈물을 흘리던 태사자의 모친은 끝내 참지 못하고 통곡했다.

자사의 위협을 피해 고향을 떠난 아들이라 다시는 볼 수 없을 것이라고 생각하였던 태사자의 모친이었다. 그런데 이렇게 눈앞에 나타났으니 마치 꿈을 꾸는 것만 같아서 연신 태사자의 얼굴을 만져보았다.

그렇게 한참 동안이나 눈물의 해후를 나누던 모자였다.

시간이 흐르자 태사자는 모친을 안으로 모시고 들어갔다. 그러더니 그동안 살아왔던 일을 자세히 말하기 시작했다.

태사자의 모친은 자식이 혼인을 하고, 아들까지 있다고 말하자 기뻐하다 무언가 떠올랐는지 놀란 표정으로 말했다.

"어서 여기를 떠나거라. 자사 놈이 언제 나타날지 모른다."

"이제 그런 걱정은 하지 않으셔도 됩니다. 저는 이제 흠차관이신……."

아들의 설명을 들은 그녀는 황숙의 손녀사위 밑에서 지내고 있다는 말에 환하게 표정이 밝아졌다.

  그동안 언제나 노심초사하였던 일이 모두 해결되는 것만 같았다.

  "어머니, 이제 저와 함께 요동으로 가셨으면 합니다. 흠차관 각하께서도 어머니가 요동으로 오시기를 바라세요."

  "요동?"

  "예, 그곳에 어머님의 손주가 있습니다. 그러니 함께 가시지요."

  "언제 떠날 것이냐?"

  "당분간은 할 일이 있습니다. 우선은 어머니와 함께 북해성으로 들어가서 지내다가, 일이 마무리가 되면 함께 요동으로 가셨으면 합니다."

  아들의 그런 말에 태사자의 모친은 그제야 공융이 떠올랐다.

  "아! 그러지 않아도 상께서 이 어미를 극진히 보살펴 주셨다."

  "예? 그자가 왜?"

  "네가 도망친 것이 의로운 일 때문이라는 것을 알게 되었다고 하더구나. 가끔 인편으로 식량과 필요한 물품을 보내주셨다. 그분의 보살핌이 없었더라면 어려움이 많았을 것이다."

모친의 말에 태사자는 진심으로 공융이 고맙게만 느껴졌다.

원래의 역사대로라면 이런 이유로 태사자는 황건적이 북해를 침공할 때 공융을 구해주게 된다. 하지만 이제는 수현이 북해에 있으니 그럴 일은 생기지 않을 것이다.

'주공께 청한다면 북해를 도울 수 있는 방법이 있겠지.'

그런 생각을 하며 태사자는 공융의 은혜를 조금이나마 갚을 생각을 했다.

그때 마당에서 웅성거리는 소리가 들려왔고, 모자가 밖으로 나가보니 마을 사람들이 몰려와 있었다. 그때부터 태사자의 금의환향을 축하하는 잔치가 요란스럽게 열렸다.

*   *   *

한편, 그 무렵.

태산(泰山) 중턱에 위치한 영암사(靈岩寺).

영암사는 사람들이 신성시 여기는 태산에 위치한 덕분에 한때 수많은 방문객들로 넘쳐나는 곳이었다.

그러나 황건적의 잔당들이 태산을 근거지로 삼고, 그들의 수가 점점 증가하자 방문객들의 발길은 뚝 끊겨 버렸다.

더구나 영암사는 황건적 잔당의 두령 관해가 총영채로 지정하여 지내고 있었다.

그러다 보니 이제 영암사에서 보이는 사람들은 황건적의 잔당이거나, 아니면 그들의 가족들이었다.

영암사 대웅전.

이제는 총두령 관해가 영채의 대소사를 부하들과 의논하는 곳으로 변해 버린 곳이었다.

대웅전 중앙에는 화로가 피워져 있었고, 그을음에 찌든 주전자가 올려져 있었다.

그 화로를 중심으로 4명의 사내들이 누군가를 기다리고 있었다.

"커험!"

덜컹!

갑자기 헛기침 소리가 들려오더니 대웅전 법당의 중앙 문이 열렸다.

그러자 자리를 지키고 있던 4명의 사내들이 반사적으로 일어났다.

그런데 안으로 들어오는 사내의 생김새가 독특하였다.

30대 중반으로 보이는 그 사내의 신장은 일반인들보다도 머리 하나가 더 있어 보였다.

까만 머리카락은 마치 사자의 갈기처럼 생겼다. 그리고 얼굴에는 은빛 수염이 풍성하게 보일 정도로 자라 있었다.

"모두 모였군."

느릿하게 걸어가던 그 사내가 입을 열자 묵직한 저음이 대웅전 안을 은은하게 공명시켰다.

그 사내가 불상 밑에 있는 방석으로 걸어가자, 그의 뒤를 한 여인이 따랐다.

독특하게도 그 여인은 가죽으로 만든 갑옷을 입고 있었다. 또한 수십 자루의 비도가 꽂혀져 있는 가죽 혁대가 보였고, 손에는 둥그렇게 말린 채찍이 들려 있었다.

그녀의 나이는 관해보다도 어려 보였는데, 풍성한 몸매가 고스란히 드러날 정도로 관능적인 옷차림이었다. 그녀가 걸음을 옮길 때마다 허벅지가 훤히 드러나는 것이 평범한 여인이 아닌 것만은 확실해 보였다.

그녀는 함께 들어온 사내의 곁으로 가서 앉더니, 화로에 있는 주전자를 집어 들었다.

그러자 호피로 만든 옷을 입고 쌍둥이처럼 비슷하게 생긴 두 사내 중에 한 명이 퉁명스럽게 말했다.

"천홍 형수, 차는 되었소이다. 사내가 무슨 차를 마시오."

"어머! 나는 하만 그대에게 줄 생각이 없었는데. 내 낭군을 두고 왜 그대에게 차를 대접하겠어요."

"에잉! 혹시나 했더니! 그럼 그렇지."

천홍이라고 불린 여인이 찻물을 남편의 서탁 위에 공손히 올려두었다.

"드세요."

"고맙네."

"별말씀을요."

잠시 차를 음미하던 사내가 모여 있는 부하들을 둘러보다 입을 열었다.

"유벽 두령."

"예, 총두령님."

"영내의 식량 사정이 어떠한가?"

"총두령께서도 아시겠지만, 작년에 황충(메뚜기)이 나타나는 바람에 흉작이었습니다. 더구나 지금은 춘궁기인지라 식량 사정은 말로 설명하기가 어려울 정도입니다."

"흐흠… 큰일이군."

그러자 그들 중에 유독 거대한 덩치의 사내가 입을 열었다.

"관해 형님. 이대로 있다가는 수하들이 모조리 아사하겠습니다."

"그럼 황소 너에게 좋은 방안이라도 있느냐?"

"산을 내려가서 약탈이라도 해야지요."

황소라 불린 사내가 그처럼 말하자 모두들 침묵을 내보였다.

황건적 잔당들의 총두령 관해는 그런 침묵이 곧 긍정이라는 것을 알기에 탐스럽게 자란 하얀 수염을 만지작거렸다.

타닥!

타다닥

화롯불에서 불똥이 튀었고, 그 소리가 크게 들릴 정도로 무거운 적막만이 감돌았다.

관해는 그렇게 영원할 것만 같았던 침묵을 깨며 입을 열었다.

"그대들 휘하에 동원 가능한 인원이 얼마나 되지?"

"각자 최대한 모으면 십만은 가능합니다."

"그럼 이렇게 하는 것으로 하지. 유벽 두령은 십만의 병력을 이끌고 기주의 평원군으로 가게. 기주는 현재 공손찬과 원소가 싸우고 있네. 그러니 그대를 신경 쓸 여력이 없을 것이네. 식량을 구한 후에 즉시 본산으로 회군하게."

"예, 총두령님."

그러자 관해는 자신의 옆에서 거대한 덩치를 하고 있는 의동생 황소를 바라보며 말했다.

"황소."

"예, 관해 형님."

"너에게 십만의 병력을 내어주마. 하의, 하만과 함께 연주 방면으로 가거라. 그곳은 작년에 황충의 피해를 입지 않았으니 식량을 약탈하기가 수월할 것이다."

"예, 그리하지요."

"하의, 하만 두 사람은 황소를 도와 병력을 이끌어주게. 나는 천홍과 함께 북해로 가겠다."

그러자 이들 중에 그나마 머리가 좋은 유벽이 조심스럽게 의견을 제시했다.

"총두령님, 북해는 척박한 바닷가에 위치한 곳입니다. 차라리 물자가 풍부한 서주의 하비로 가시지요."

"유벽 두령의 말처럼 하비는 물자가 풍부하지. 하지만 대도시라 수비 병력이 그만큼 많을 것이다. 굶주림에 지쳐 있는 병력으로 도모하기에는 버거운 곳이다. 그러나 북해는 해안가의 변방에 위치하지. 바닷가로 연결된 곳을 제외한 삼면만 포위했다면 식량을 구하는 것은 그다지 어렵지 않을 것이다."

유벽은 총두령 관해의 의견이 타당하게 여겨져 더 이상 반대를 하지 않고 물었다.

"그럼 병력은 얼마나 대동하실 겁니까?"

"북해성을 삼면으로 포위하려면 최소 이십만은 있어야겠지?"

유벽은 그런 계획을 듣자 어려움은 없을 것이라고 생각했다.

그렇게 결정이 나자 청주 지역 황건적의 잔당들은 분주하게 움직이기 시작했다.

준비를 끝낸 그들은 산을 내려와 세 방향으로 진격을 하였는데, 총인원은 무려 40만에 달했다.

＊　　　　＊　　　　＊

　다음 날, 오후.

　흠차관의 공식 일정을 마친 수현은 시종 이평과 호위 병력을 대동한 채로 어디론가 향하고 있었다.

　지금 그는 감녕이 묵고 있는 객잔으로 향하는 중이었다.

　북해 항구에서 그리 멀지 않은 곳에 위치한 아담한 객잔에 도착하자, 전령을 통해 미리 연락을 받은 감녕이 기다리고 있는 모습이 보였다.

　감녕은 흠차관 진수현이 나타나자 급히 다가가더니 공손히 예를 올렸다.

　"흠차관 각하를 뵈옵니다."

　"들어가세."

　"예."

　수현이 앞장서 객잔 안으로 들어가자 텅 빈 실내가 눈에 들어왔다.

　감녕은 오늘 수현과의 만남이 자신에게 가장 중요한 날이라는 생각에 객잔을 통째로 빌려 버렸다.

수현이 객잔 점주의 안내를 받으며 도착한 곳은 후원에 있는 별채였다. 그는 화려하지는 않지만 나름 구색을 갖춘 별채의 내실로 들어가 준비되어 있는 자리에 앉았다.

　그러자 감녕이 조심스럽게 옆으로 가서 앉았다.

　그때부터 시비들이 준비해 준 차를 말없이 마시기만 하는 수현이었다. 그런 그를 바라보는 감녕은 지금 이 순간이 마치 천년의 기다림처럼 느껴졌다.

　애타는 감녕의 마음은 몰라주고 느긋하게 차를 마시던 수현이 잔을 내려두면서 입을 열었다.

　"감 선주."

　"예, 흠차관 각하."

　"내가 제안한 것은 생각을 해보았는가?"

　"물론입니다. 기회가 없어서 할 수가 없었지만, 언제나 염상을 해보고 싶었습니다."

　"그럼 자네가 근거지로 삼고 있는 합비는 어떻게 할 것인가?"

　"당장은 어렵지만, 최대한 빨리 정리하려고 합니다. 그런 후에 이번 일에 집중할 생각입니다."

　"그럼 소금이 필요하겠군."

　당연한 말을 하는 수현을 물끄러미 바라보던 감녕은 대체 어떻게 소금을 제공해 주려고 하는지가 너무나 궁금했다. 하지만 수현이 감히 함부로 물어볼 수 없는 대단한 신분의 사람이었기에 그저 말없이 지켜볼 수밖에 없었다.

또다시 차를 마시던 수현은 마치 감녕의 그런 고민을 알고 있다는 듯이 설명하기 시작했다.

"자네는 나의 또 다른 신분을 아는가?"

"다른 신분이라니요?"

"쯧쯧, 상인치고는 정보가 너무 늦군. 내 또 다른 신분은 요동의 태수네."

"아! 미처 몰랐습니다. 송구합니다."

"송구할 것까지야 없지. 그보다 내가 왜 이런 말을 하냐면 요동에서 소금이 꽤 많이 생산되고 있다네."

그런 말에 감녕은 자신도 모르게 마른침을 꿀꺽 삼켰다.

수현이 저처럼 말하는 것을 곧 자신에게 소금을 주겠다는 뜻으로 받아들인 것이다. 그러다 문득 한 가지 걱정거리가 떠올랐다.

"흠차관 각하, 제가 요동의 소금을 가져다가 파는 조건이 있겠지요?"

감녕은 자신도 모르게 극도로 조심하며 수현을 바라보았다.

"자네에게 소금 판매권을 주는 조건으로 내가 원하는 것은 자네의 근거지를 이곳으로 옮기는 것이네. 그런 후에 내게 일정한 비율의 세금만 납부하면 되네."

"정말 그렇게만 하면 되는 것입니까!"

"지금 흠차관의 말을 우습게 여기는 것인가?"

"아, 아닙니다. 소인이 그만 실언을 하였습니다."

그러자 수현은 정말로 중요한 얘기를 꺼내기 시작했다.

"자네가 소금을 팔다 보면 많은 사람들을 만나겠지?"

"물론입니다."

"그럼 그들에게서 듣는 얘기들이 있을 것이네, 그런 정보들을 내게 전해주게. 할 수 있겠는가?"

"예! 얼마든지 할 수 있습니다!"

"그럼 자네만 믿고 가보겠네."

그러면서 자리에서 일어나는 수현이었다.

그는 객잔을 나서면서 내심 감녕을 자신의 사람으로 등용하지 못한 것이 아쉬웠다.

'급하게 먹으면 체하는 법이지…….'

당연히 감녕이 욕심이 났다.

하지만 아무리 욕심이 난다고 해서 덜컥 받아버리면 후유증이 심할 것이라고 생각했다. 그러니 지금은 이쯤에서 돌아가는 것이 최선인 것 같았다.

수현을 배웅하고 객잔으로 돌아온 감녕은 서둘러 합비로 돌아갈 준비를 했다.

어차피 합비에 있는 재산이라고 해봐야 그리 많지도 않았다. 그래도 그동안 자신을 도와주었던 상인들에게 인사는 해야 한다고 생각하는 감녕이었다.

수현은 감녕을 만난 후 인근에 있는 다른 객잔으로 향했다. 그 객잔에서 노숙의 조모를 처음으로 만나게 되었다.

병문안을 겸해서 노숙과 유엽을 만나게 되었지만, 두 사람을 등용하고 싶다는 마음은 전하지도 못하고 관청으로 돌아가야 했다.

마음이야 당장에라도 두 사람에게 자신의 뜻을 전하고 싶었다. 그러나 노숙이 병환 중인 조모 때문에 경황이 없는 것을 눈으로 확인하자 차마 속내를 드러내지도 못하고 발길을 돌릴 수밖에 없었다.

*　　　*　　　*

수십 일 후.

태산을 내려온 황건적의 잔당들은 인근에 위치한 역성현으로 일시에 쳐들어갔다.

역성현령은 40만에 달하는 황건적들을 막아낼 엄두가 나지 않아 도망치고 말았다.

운이 따르는지 서전은 너무나 쉽게 승리하였고, 역성현을 손쉽게 점령한 그들은 당초 계획대로 병력을 나누어 목표 지역으로 진군하였다.

그들은 모두 세 갈래로 진격을 하였다.

제1군은 관해가 이끌었다. 목표 지역은 청주의 북해였고, 총 인원은 20만에 달했다.

제2군은 유벽이 통솔하는 십만의 대군이었고, 목표 지역은 기주였다.

마지막으로 제3군은 황소가 이끄는 십만의 병력이었고, 목표 지역은 연주 방면이었다.

관해는 하의와 하만으로 하여금 다혈질의 황소를 보좌하도록 하였다.

관해는 그렇게 병력을 나누고 자신은 1군을 이끌었다. 그는 마치 유람이라도 가는 듯이 여유롭게 이동했다.

관해가 이끄는 1군은 역성현을 출발한 지 며칠 후에 제남군(濟南郡)에 도착하게 되었다.

제남태수는 황건적의 잔당들을 피해 도망쳐 온 역성현령을 통해 적들이 무려 수십만에 이른다는 것을 알게 되었다. 태수는 자신의 힘만으로는 도저히 수십만의 황건적 잔당들을 막을 수 없다고 판단을 내렸고, 소수의 수비 병력만을 남겨둔 채 다급히 청주성으로 퇴각했다.

관해는 무주공산이나 다름없는 제남성으로 천천히 말을 몰아갔다.

"우와아아!"

"우와아아!"

황건적의 잔당들은 성의 누각과 성벽 위에서 관해에게 뜨거운 함성을 내질렀다. 그들은 제남성에 무혈 입성한 것에 잔뜩 고무되어 있었다.

성으로 들어서는 관해의 곁에는 허연 허벅지를 드러낸 채로 말을 몰아가는 천홍이 있었다.

우와아아!

"관해 총두령 만세!"

"만세!"

"만세!"

뜨거운 함성에 천홍이 고무되었는지 상기된 표정으로 곁에 있는 관해를 바라보았다.

"관 랑, 함성 소리가 엄청나네요."

"싸우지도 않고 이겼으니 당연한 반응이겠지."

"이런 기세라면 북해성도 문제없겠어요."

아내 천홍의 말에 관해는 살짝 고개를 끄덕거렸다.

제남에서 병사들을 배불리 먹이고 충분히 휴식을 가진다면 그까지 북해성이야 얼마든지 점령할 수 있을 것이라고 보았다.

그때였다.

제남의 관청을 접수하러 갔던 정찰대의 지휘관 공도가 다급히 말을 몰아오는 것이 보였다.

원래의 역사대로라면 유비를 섬기게 되는 공도이지만, 지금은 관해를 따르는 부하 장수였다.

"총두령님! 큰일 났습니다!"

관해는 공도의 외침에 말고삐를 잡아당겼다.

그러자 뒤따르던 그의 부하 장수들도 일제히 멈추며 공도를 바라보았다.

"무슨 일인데 그리 호들갑이냐!"

"성내 사람들에게 알아보니 며칠 전에 보관 중이던 식량을 모두 옮겼다고 합니다!"

"그게 무슨 소리야!"

"저도 자세한 것은 모르겠습니다."

"당장 창고로 가자! 공도, 너는 관원 놈을 창고로 끌고 와라!"

"예!"

그런 지시를 내리자마자 관해는 다급히 식량을 보관하는 창고로 향했다.

성내에 있는 창고에 도착하여 안으로 들어가자 수많은 곡식은 보이지 않았고, 고작 수십 석이 전부였다.

식량 창고가 텅텅 비어버렸다는 것을 확인한 관해가 괴성을 내질렀다.

"으아악!"

창!

뿌드득!

화가 머리끝까지 치솟은 관해가 만월도라 이름을 붙인 커다란 칼을 빼 들더니 가마니를 내려쳤다. 그러자 요란한 소리를 내며 볏짚으로 만든 가마니가 터져 버렸고, 내용물이 와르르 쏟아졌다.

"이럴 수가! 이게 어떻게 된 일이야!"

그때 창고 입구에서 요란한 소리가 들려왔다.

그 소란에 관해는 신경질적으로 돌아보았다. 공도가 한 사내의 목덜미를 붙잡고 질질 끌고 들어오는 것이 보였다.

"총두령님, 이자가 여기 제남의 주부입니다!"

"사, 살려주십시오."

"묻는 말에 사실대로 말했다면 살려주겠다."

"무, 뭐든 말하겠습니다."

제남군의 하급 관리인 그 사내는 바닥에 납작 엎드리며 관해를 두려운 눈으로 바라보았다.

"왜 여기에 식량이 없는 것이냐!"

"며칠 전에 식량을 청주성으로 옮겼습니다."

"청주성으로 옮기다니? 누구의 지시냐!"

"그건 저도 모릅니다. 저는 그저 태수님의 지시에 따랐을 뿐입니다."

그러자 공도가 들고 있던 칼로 그 관원의 등짝을 내려찍어버렸다.

퍽!

"컥!"

"똑바로 말 못 해!"

"사, 사실입니다! 믿어주십시오!"

"그래도 이놈이!"

"그만!"

관해가 소리치자, 칼로 관원을 내려찍으려고 하였던 공도가 슬그머니 손을 내렸다.

잠시 무언가를 생각하던 관해가 부하 장수들을 바라보며 지시를 내렸다.

"주창!"

"예, 총두령님."

"여기에 경비병을 세워라. 식량을 훔치는 놈이 있다면 죽여도 무방하다."

"예! 총두령님!"

"배원소! 변희!"

"예, 총두령님!"

공도, 주창, 배원소, 변희는 황건적의 난이 토벌되자 관해를 따르게 되었다.

관해는 그들 4명에게 각기 지역을 맡겼다. 그리하여 이번 총공세에서도 함께하게 된 것이다.

관해의 부름에 배원소와 변희가 크게 답을 하며 바라보았다.

"성안에 수비 병력을 배치하고, 당분간 약탈을 금했다! 이를 어기는 놈이 있다면 그놈의 목을 참하라!"

"예, 총두령님!"

"관 랑, 굳이 그렇게까지 하실 필요가 있나요?"

천홍의 물음에 그를 따르던 4명의 장수들도 궁금한 눈빛으로 바라보았다.

"여기 있는 식량이라고 해봐야 얼마 되지가 않소."

"그럼 당초 계획대로 최대한 빨리 북해로 가면 되지 않나요?"

"식량이 청주성으로 옮겨졌다고 한다면, 북해에도 식량이 없을 수가 있지. 지금은 어떻게 된 영문인지 내막을 알아보는 것이 시급하오."

"그럼 오늘은 늦었으니 관사에 가서 쉬세요."

천홍의 말에 관해는 인상을 구기면서 식량 창고를 나섰다.

제남의 태수부로 향한 관해는 불안감이 끊임없이 밀려왔다. 만약 부하들에게 이곳 제남에 식량이 없다는 것이 알려진다면 폭동이 일어날 수도 있다고 생각했다.

'그런다고 무턱대고 북해로 갈 수도 없으니……'

그는 북해로 갔다가 그곳에서도 식량이 없다면 자신의 자리마저 위태롭게 될 것이라고 생각하며 불안해했다.

그런 고민을 안고 천홍과 함께 제남 태수부의 관사로 들어서는 관해였다.

관해는 한참 동안이나 술상 앞에서 깊은 고민에 잠겨 있었다.

'내통하는 놈들이 있나… 어떻게 우리가 오는 줄 알고 식량을 미리 옮길 수가 있었지.'

관해는 아무리 생각을 해보아도 식량을 옮긴 것이 납득되지 않았다.

한두 가마니도 아니고 수만 석이나 되는 식량을 옮긴다는 것이 어디 말처럼 쉬운 일이던가.

설령 우연의 일치로 식량을 옮겼다 하여도, 비상시를 대비해 절반이라도 남아 있어야 했다고 보았다.

제2장
2차 황건(黃巾)의 난(亂)

  황건적의 두령 관해는 제남성에 식량이 없다는 것이 너무나 의심스러웠다.

  그러다 보니 그는 자연스럽게 내부에 간자가 있다고 의심을 할 수밖에 없었다. 그러지 않고서야 마치 자신이 오는 것을 미리 알고 있는 것처럼 식량을 빼돌린 것을 설명할 수 없다고 생각했다.

  하지만 관해가 미처 모르는 또 다른 것이 있었다.

  태사자는 고향집에서 돌아온 이후에 이런 계획을 수현에게 제안했다. 그리고 그의 계획을 받아들여 제남의 식량을 청주성으로 옮기도록 지시를 내렸던 수현이었다.

관해는 이렇게 수현과 태사자가 이번 일을 주도했다는 사실을 모르고 있었다. 당연히 두 사람의 존재를 알지 못하니 있지도 않는 간자를 의심하였다.

관해는 의심이 가는 사람들을 떠올려 보았지만 이내 고개를 흔들고 말았다.

쾅!

"빌어먹을!"

그는 거칠게 주먹으로 앞에 있는 서탁을 내려치더니, 주먹을 쥔 손에 힘을 잔뜩 주며 인상을 구겼다.

덜컹!

그때 갑자기 문이 열리더니 천홍이 안으로 들어왔다. 언제 씻었는지 말끔한 얼굴이었고, 일반인들이 흔하게 입는 심의(深衣) 차림이었다.

그녀는 청동으로 만든 대야를 손에 들고 사뿐사뿐하게 걸어가 관해 앞에 놓아두었다.

"관 랑, 씻으세요."

"나중에 하겠소."

천홍은 짜증이 잔뜩 묻어 있는 남편의 짧은 답에 고개를 치켜들어 바라보았다. 무슨 고민을 그리도 하는지 관해의 표정이 어두워 보였다.

"제가 씻겨 드릴게요."

그러면서 관해의 옷을 천천히 벗겨내는 그녀였다. 관해는 아내에게 몸을 의지한 채로 고민에 빠져들어 갔다.

관해는 순식간에 실오라기 하나 없는 전라로 변해 버렸는데 몸 곳곳에 흉터가 보였다. 그런데 하나같이 치명상을 당했던 흔적들이었다.

이런 일이 익숙한 듯 관해는 바닥에 누운 상태로 몸을 이리저리 움직이며 그녀의 손길을 받아들였다.

그러던 중에 자신의 하체를 닦아주는 천홍의 손길이 느껴지자 상념에서 벗어났다.

관해는 천홍이 움직일 때마다 탐스러운 가슴골이 보이자 마른침을 꿀꺽 삼켰다.

그러자 자신도 모르게 그곳이 급격하게 반응을 해버렸다.

"어머!"

한창 남편의 하체를 닦아주고 있던 천홍의 입에서 감탄이 터져 나왔다.

그녀는 남편의 우람한 상징을 보게 되자 마치 무언가를 간절히 원하는 사람의 눈빛으로 변해갔다.

관해가 갑자기 그녀를 일으켜 세우더니 한쪽에 있는 침상으로 끌고 갔다.

그녀는 관해가 뜻대로 일이 풀리지 않을 때면 이처럼 거칠게 나온다는 것을 알고 있었기에 망설임 없이 받아들였다.

이내 두 사람은 거친 몸놀림으로 서로를 탐닉하기 시작하였고, 점차 시간이 지나자 관사 안은 천홍이 내뱉는 격한 신음으로 가득했다.

*　　　　*　　　　*

며칠 후, 북해(北海).

청주성을 떠난 전령이 마침내 북해에 도착했다.

수현은 그 전령을 통해 역성현과 제남성이 황건적의 잔당들에게 함락당했다는 것을 알게 되었다.

그는 황급히 장합, 태사자, 조운을 자신이 머물고 있는 객청으로 호출했다.

수현은 작은 서탁 앞에서 굳은 표정으로 고민에 잠겨 있었다.

시간이 가는 줄도 모르고 앞으로의 일을 고민하고 있을 때였다.

"주공, 소인입니다."

"들어오게."

태사자의 음성이 들려오자 수현은 상념에서 벗어나 정면을 바라보았다.

문이 열리면서 세 사람이 안으로 들어와 그에게 공손히 인사를 했다. 그러더니 수현의 옆으로 가서 자리에 앉았다.

　그러자 수현이 서탁에 두었던 전령의 보고문을 태사자에게 내밀면서 말했다.

　"읽어보고 다른 사람에게도 보여주게."

　"예, 주공."

　보고문을 받아 천천히 읽어가던 태사자가 굳은 표정으로 옆에 있는 조운에게 전해주었다.

　조운도 그것을 받아 재빨리 읽더니 장합에게 넘겼다.

　마지막으로 장합이 보고문을 읽더니 흠차관 진수현의 서탁에 공손히 올려두었다.

　"이보게, 자의."

　"예, 주공."

　"자네의 계획대로 청주성 인근에 있는 식량을 모두 옮긴 보람은 있는 듯하네."

　"보고문을 보셨으니 주공께서도 아시겠지만 청주성은……."

　태사자는 청주성이 전국시대 때 제(齊)나라의 도읍이라고 설명했다. 그 때문에 성벽이 높고, 두터워 황건적들이 쉽게 공략하지는 못할 것이라고 말했다.

　그런 설명에 수현은 말없이 살짝 고개만 끄덕여 보였다.

　"보고문에 따르면 적들은 역성현을 점령한 후 세 방향으로 나눠졌다고 합니다. 그들 중에 청주를 침범한 자는 관해란 자로 저들의 우두머리입니다. 그자는 지금 청주성으로 갈지 아니면 이곳 북해로 가야 하는지를 두고 심각하게 고민을 하고 있을 겁니다."

"독우께서는 이미 이런 것을 염두에 두시고 식량을 청주성으로 옮기자고 하셨으니 다음 계책은 어떻게 됩니까?"

장합이 그처럼 말했다. 수현도 같은 생각을 하고 있었기에 물었다.

"나 또한 준예처럼 이후의 계획이 궁금하네."

"제가 판단을 하건대 관해는 군을 양분할 것입니다. 하지만 관해가 어느 곳으로 갈지는 저도 장담할 수가 없습니다."

"형님, 황건적의 잔당들이야 오합지졸이니 걱정할 것이 없습니다. 문제는 관해란 놈이 지휘하는 병력이 주력이라는 것입니다. 그것만 막아낸다면 이번 일은 해결이 될 것입니다. 하지만 관해 그놈이 어디로 올지를 모르니 답답합니다."

"저 역시 자룡과 같은 의견입니다. 관해만 잡으면 나머지 잔당들이야 지리멸렬할 것입니다."

"흐음……."

태사자의 설명에 수현은 잠시 고민을 해보았지만 마땅한 방안이 떠오르지가 않았다. 무턱대고 청주성으로 갈 수가 없으니 시간이 흐를수록 고민은 더욱 깊어져 갔다.

'확실히 이런 일에는 비상한 계책을 제시해 줄 책사가 필요하구나… 유엽이나 노숙이라면 가능하지 않을까……'

수현은 태사자가 학식이 뛰어나다는 것을 함께 지내면서 알게 되었다. 하지만 이처럼 전장에 관련된 일은 아무리 학식이 뛰어나다고 하여도 한계가 분명했다.

수현은 전장에서 필요한 것은 뛰어난 학식이 아니라 책략이라고 생각했다.

만약 노숙이나 유엽에게 부탁했다면 좋은 책략이 나올 것만 같았다. 하지만 두 사람은 현재 자신과는 아무런 연관이 없었다. 이런 상황에서 자신이 묻는다면 과연 제대로 된 계책을 제시해 줄지가 의문이었다.

그런 고민을 하던 수현이 입을 열었다.

"세 사람은 언제든 병력을 움직일 수 있게 준비를 해주게. 이번 일은 생각을 해봐야겠네."

그러면서 자리에서 일어난 수현이 밖으로 나갔다.

그는 곧바로 노숙의 조모가 치료를 받고 있는 객잔으로 향했다.

병사들의 엄중한 호위를 받으며 객잔에 도착을 해보니 때마침 유엽이 홀로 차를 마시고 있었다.

유엽은 흠차관 진수현이 갑자기 나타나자 황급히 자리에서 일어나 맞이했다.

수현은 그와 간단히 인사를 나누면서 자리에 앉았고 유엽도 그를 마주 보며 앉았다.

"자경은 어디에 있는가?"

"원화 선생님이 진료를 보시고 있는 중이라 함께 내실에 있습니다."

그런 말에 수현은 말없이 차를 마셨다.

유엽은 흠차관의 그런 모습에 거부감이 들지 않았다.

흠차관이 종종 객잔을 찾아온 적이 있었기에 그가 화타를 찾아온 것으로 생각하며 무심하게 넘겨 버렸다.

그렇게 얼마나 시간을 보냈을까?

웅성거리는 소리가 들려오자 수현은 자리에서 일어났다.

두 사람은 객잔의 별채와 연결된 통로가 있는 곳으로 눈길을 주며 기다렸다.

잠시 후 진료를 마쳤는지 화타와 노숙이 나타났다. 그리고 두 사람 뒤에는 화타의 애제자 고은서가 있었다.

화타는 수현이 보이자 다가가서 공손히 인사를 했다.

"흠차관 각하를 뵙습니다."

"원화 선생님, 환자는 어떻습니까?"

"이제야 흠차관 각하의 처방이 효과가 있는지 조금씩 차도가 나타나고 있습니다."

"아! 그거 정말 다행이군요."

수현과 화타의 말을 묵묵히 듣고만 있던 노숙과 유엽은 그런 말에 놀라지 않을 수가 없었다.

"원화 선생님, 그게 무슨 말씀이신지요?"

노숙이 놀란 표정으로 화타에게 물었지만 답은 수현의 입에서 나오기 시작했다.

"원화 선생님께 처방을 알려 드린 사람이 본관이네. 차도가 있다고 하니 다행이네."

"그런 일이 있었습니까? 그럼 미리 말씀이라도 해주시지 저는 아무것도 몰랐습니다."

"흠차관 각하께서 처방을 알려주시면서 차도가 나타날 때까지는 밝히지 말아달라고 하셨네. 자네가 알게 된다면 그런 처방을 받아들이지 못할 것이라고 하셨다네."

화타의 설명을 들은 노숙은 자연스럽게 그동안의 일들을 떠올렸다.

노숙은 그동안 화타의 특이한 처방이 납득이 되지 않았었다.

당연히 조모의 병을 침이나 뜸이 아니면 탕약으로 다스릴 것으로 예상했었다. 그런데 화타는 자신이 알고 있는 의학 지식을 벗어난 괴상스러운 처방으로 조모를 치료하였다.

침과 뜸은 일체 사용하지 않았고, 오로지 탕약과 식단 조절만을 처방하였다. 그리고 기껏해야 아침저녁으로 조모를 산

책시키는 것이 치료의 전부였다.

노숙은 그런 치료법이 너무나 괴상하였지만 화타의 처방인지라 내색할 수가 없었다.

그런데 이제야 그런 처방을 화타가 아닌 흠차관이 제시하였다는 것을 알게 되었다.

'처음부터 그런 처방을 내게 말해주었다면 순순히 받아들였을까……'

그런 생각이 들자 노숙은 수현을 향해 공손히 예를 올렸다.

"흠차관 각하께 큰 은혜를 입었습니다. 감사합니다."

"그런 치사를 듣고자 한 것이 아니네. 그러니 마음에 담아두지 않아도 되네."

그러면서 수현은 모두가 모여 있으니 잘되었다 싶었다.

"선생님, 차라도 한잔하시겠습니까?"

"그러지요."

"자네들도 자리에 앉게."

그러자 모두들 자리를 잡고 앉았고, 객잔의 점원들은 그들 앞에 있는 서탁에 차를 준비해 주고 물러났다.

잠시 차를 마시던 수현이 화타를 보며 입을 열었다.

"원화 선생님, 며칠 전에 황건적의 잔당들이 제남을 점령했다고 전령이 알려왔습니다."

"예! 언제 그런 일이!"

화타가 놀라서 그처럼 소리치며 말을 하였고, 자리에 있던 나머지 사람들도 놀란 표정으로 수현을 바라보았다.

수현은 마치 유엽과 노숙에게 들으라는 듯이 화타에게 설명하기 시작했다. 태산에 있는 황건적의 잔당이 역성현을 점령한 후 세 갈래로 나누어졌다고 말이다.

그리고 그들의 총두령인 관해란 자가 제남을 점거하였다고 말했다. 그러면서 관해가 이끄는 병력이 무려 20만에 달한다고 알려주었다.

그런 설명을 듣고 나자 모두들 굳은 표정을 내보였다.

"문제는 놈들의 총두령인 관해란 자가 청주성으로 갈지, 아니면 이곳 북해로 올지 알 수가 없다는 것입니다. 놈은 분명 주력을 이끌 것이니 어떻게든 놈을 막아야만 합니다."

"이럴 수도 없고, 저럴 수도 없는 고착 상태이군요."

"그렇습니다. 만약 관해란 자가 청주성으로 간다면 당연히 이곳에서 구원 병력을 보내야 합니다. 그런데 놈이 이곳 북해로 방향을 잡으면 여기가 위험해지게 됩니다."

수현은 그런 말을 내뱉으며 노숙과 유엽을 바라보았다.

혹시나 도움을 받을 수 있을까 했지만 노숙과 유엽도 고민이 되는지 굳은 표정으로 생각에 잠겨 있을 뿐이었다.

수현은 자신의 말에 자리에 있는 사람들의 표정이 굳어져

가는 것을 지켜보았다.

어차피 화타에게 무언가를 바라는 것이 아니었다. 그런 화두를 던진 것은 일견 유엽이나 노숙이 알아주기를 바라는 것과도 같았다.

그러기에 수현은 더 이상 미련을 두지 않고 숙소로 돌아가기로 결심했다.

"제가 답답한 마음에 괜한 소리를 한 것 같습니다. 이만 가보겠습니다."

"도움을 드리지 못해 송구스럽습니다."

"아닙니다. 이런 일은 당연히 제가 해야 하는 일입니다."

그렇게 모두들 객잔을 나와 수현은 배웅했다.

진료가 끝난 화타와 고은서도 그 길로 어디론가 향했다.

유엽과 노숙 두 사람은 그들을 배웅하고, 객잔으로 들어가 자리를 잡고 앉았다.

잠시 무언가를 생각하던 유엽이 친우에게 물었다.

"자경, 자네는 흠차관을 어찌 보는가?"

"흐음… 괜찮은 사람으로 보였네. 거만하지도 않고, 신중한 성격으로 보이더군. 그런데 왜 그런 것을 묻는가?"

그때 객잔의 점원이 다가오더니 주변을 정리했다.

유엽은 점원이 정리하는 것을 기다리다가 노숙을 바라보며 입을 열었.

"자네에게 신세를 지고 있는 것이 몇 해인지 아는가?"

"글쎄, 서너 해는 되었겠지?"

"자네도 참 무심한 사람이군, 벌써 일곱 해가 되었다네."

"벌써 그리되었나?"

"그래서 하는 말이네만 이만 자네 곁을 떠나고 싶네."

그런 말에 놀란 표정을 내보이는 노숙이었다. 이제까지 유엽이 자신을 떠날 것이라고는 단 한 번도 생각해 본 적이 없었는데, 갑작스러운 그런 말에 다급히 반문했다.

"이보게, 내가 서운하게 한 것이 있는가?"

"자네가 서운하게 대하였다면 내가 지금까지 있었겠는가."

"그런데 왜 그런 말을 하는 것인가?"

"흠차관을 돕고 싶어 그러네."

"흠차관을 돕고 싶다니?"

"솔직히 말하면 나는 작년부터 섬길 주군을 찾고 있었다네."

"그런 얘기를 들은 기억이 나는군, 그럼 흠차관을 자네의 주군으로 받아들이겠다는 것인가?"

"그러하다네."

확신에 찬 유엽의 말에 노숙은 고개만 끄덕거렸다.

노숙은 친우 유엽이 종종 누구를 섬기는 것이 좋을까를 두고 고민을 했었다는 알고 있었고, 자연스럽게 흠차관 진수현을 떠올려 보았다.

'황숙의 손녀사위이면서 흠차관이라면 함부로 무시하지 못할 신분이고, 무엇보다 그를 보좌하는 자들이 하나같이 예사롭지 않아 보였는데……'

노숙은 흠차관을 보좌하는 태사자, 조운, 장합을 떠올리며 그들 또한 평범한 인물은 아니라고 여겼다.

한편, 유엽은 노숙이 놀라지 않는 것을 보며 자신의 심중을 어느 정도는 짐작했다는 것으로 받아들였다.

"흠차관을 섬기기로 결심을 하였으니, 예물이라도 마련하고 싶다네."

"예물이라니?"

"자네도 알다시피 나는 황실과 관련이 있네. 그러니 아무나 섬길 수는 없지 않은가."

그러면서 유엽은 처음에는 손견을 섬겨볼까도 했었다고 말했다. 하지만 손견은 인물이 고집스러워 자신이 제시하는 의견을 받아들이지 않을 것이라고 말했다.

유엽은 두 번째로 원술을 거론하면서 그 역시도 자신이 섬길 만한 사람은 아니라고 말했다.

그러자 노숙이 지난 반동탁 연합에서 홀로 동탁을 쫓아 공격하였던 조조를 거론했다.

"그럼 조조는 어떻게 생각하나?"

"이곳에 오기 전만 하여도 나 역시 조조를 가장 적당한 인물이라고 생각하였다네. 그런데 흠차관을 만나게 되자 그런 생각을 접었다네."

"자네가 결정을 했으니 내가 더 이상 왈가왈부할 일은 아니라고 보네. 그럼 예물이라는 것이 황건적의 잔당들을 처리하는 일이겠군."

"자네도 알다시피 지금 흠차관은 황건적의 잔당들 때문에 어려움에 처해 있지. 그것을 타개할 방안을 마련하고 싶네. 그보다 자네는 이제 어떻게 할 것인가?"

"나야 조모님을 보살펴야지."

"그럼 나중에 기회가 된다면 나와 함께하지 않겠는가?"

유엽이 흠차관 진수현을 섬기자고 권하였지만 노숙은 말이 없었다.

두 사람은 마치 약속이라도 한 듯이 동시에 차를 마셨다.

노숙은 유엽의 말에 고민이 되었다.

자신도 나라가 걱정이 되었다. 당장에라도 친우를 따라나서고 싶었지만, 한편으로는 연로하신 조모를 두고 떠나기가 망설여졌다.

그런 노숙을 바라보는 유엽은 충분히 그의 고민을 알 수 있었기에 더 이상 권하지 않았다.

                    *   *   *

다음 날, 오후.

유엽은 북해의 관청을 찾아갔다.

그는 즐겨 입었던 가죽 갑옷을 벗어던지고, 유생의 옷차림을 한 채로 성큼성큼 걸어갔다.

대로를 가로질러 가는 그의 옆구리에는 돌돌 말린 가죽 두루마리가 끼워져 있었다. 그것은 유엽이 간밤에 그린 청주성 인근의 지도였다.

유엽이 북해의 항구에 정박하고 있던 상단주에게 어렵게 부탁하여 필사한 지도였고, 그 지도를 바탕으로 하여 나름의 계획을 세웠다. 날을 꼬박 새우다시피 하여 완성한 유엽의 계책이었고, 이제 흠차관 진수현에게 검증을 받아야 하는 순간이었다.

한편, 수현은 북해국 관청에서 멀지 않은 곳에 있는 객청에서 휘하의 무장들과 향후 계획을 심도 있게 의논하고 있는 중이었다.

하지만 상당한 시간이 흘렀음에도 불구하고 황건적 잔당들의 두령 관해를 어떻게 처리해야 하는지가 결정이 나지 않았다. 가장 큰 난관은 관해가 어디로 올지를 알 수가 없다는 것이었다. 그러기에 계획은 아무런 진척이 없는 답보 상태였다.

수현은 한창 세 사람과 향후의 일을 의논하다가 답답함에 고개를 돌렸다. 그러다 창을 통해 들어온 햇살에 눈이 부시자 손을 들어 가렸다.

"잠시 쉬었다 하세."

"그러하시지요."

수현은 그처럼 말하고는 자리에서 일어나 객청 뒤에 있는 측간으로 향했다.

회의 내내 참았던 볼일을 시원하게 보는 그였지만, 마음만은 시원한 물줄기와 달리 꽉 막힌 것처럼 답답하게만 여겨졌다.

수현은 측간 옆에 마련되어 있는 작은 대나무 대롱에서 졸 졸졸 흘러내리는 물에 손을 씻더니 천천히 객청으로 들어갔다. 그런데 조운과 장합은 보이지 않았고, 태사자만 실내를 서성거리는 것이 보였다.

"자의, 두 사람은 어디에 갔는가?"

등 뒤에서 수현의 음성이 들려오자 태사자는 몸을 돌려 그를 바라보았다.

"둘은 잠시 볼일이 있어 나갔습니다. 그보다 자양이라는 자가 주공을 뵙기를 청해왔다고 합니다."

"나를?"

'유엽이 왜 찾아왔지······.'

수현은 자리로 가서 앉으면서 유엽이 왜 자신을 찾아왔는지를 생각해 보았다.

잠시 고민을 하던 수현이 태사자에게 물었다.

"자네가 볼 때 자양이라는 자가 어떠하던가?"

"아직 그와의 만남이 짧아 자세히는 모르지만, 첫인상은 강단이 있어 보였습니다."

태사자의 답에 수현은 고개를 끄덕거리며 말했다.

"가서 자양을 데려오게."

"예, 주공."

태사자가 객청을 나가고 잠시 후에 조운과 장합이 돌아왔다.

두 사람도 자리에 앉아 태사자가 돌아오기를 기다렸고, 짧은 시간이 지나자 객청의 문이 열렸다.

객청으로 들어선 유엽이 수현을 향해 공손히 예를 올렸다.

"흠차관 각하를 뵈옵니다."

"무슨 일로 나를 보자고 하였는지는 모르겠지만, 우선은 거기 빈자리에 앉게."

수현이 빈자리를 가리켰고, 유엽은 조심스럽게 몸을 움직이더니 태사자 옆으로 가서 앉았다.

수현은 그런 모습을 물끄러미 바라보다 유엽의 옆구리에 있는 가죽 두루마리가 눈에 들어왔다. 그것이 무언지 궁금하기는 했지만, 그것을 가지고 자신을 찾아왔다면 용도는 스스로 밝힐 것이라고 생각하며 물었다.

"자양."

"예, 흠차관 각하."

"나를 보자고 하는 이유를 알고 싶은데?"

"먼저 이걸 살펴봐 주시지요."

그러면서 유엽은 옆에 두었던 가죽 두루마리 지도를 태사 자에게 내밀었다.

태사자가 그것을 받은 후 자리에서 일어나 수현의 서탁에 조심스럽게 올려두었다.

그것을 서탁에 펼치자 청주성 일대를 그린 지도가 나타났 다.

"청주성이라고 쓰여 있는 것을 보니, 이번 일로 할 얘기가 있나 보군?"

"그렇습니다. 각하께서 허락을 해주신다면 자세한 설명을 드리고자 합니다."

"자룡, 준예, 두 사람은 저기 있는 가림막을 가져와서 세우 게."

수현의 지시에 조운과 장합이 자리에서 일어나더니 한쪽 구석에 있는 가림막을 가져와 세웠다.

그렇게 순식간에 임시 상황판이 만들어졌고, 유엽이 가져왔던 지도가 가림막에 부착되었다.

"설명을 해보게."

"예, 흠차관 각하."

유엽이 자리에서 일어나 가림막으로 다가갔고, 나머지 사람들은 호기심 어린 눈빛으로 그를 바라보았다.

지도 앞에서 모두를 바라보던 유엽은 제남성을 손으로 가리키며 설명을 시작했다.

"이곳은 현재 황건적 잔당들의 총두령인 관해란 자가 점령한 제남성입니다. 총병력은 무려 이십만에 달하는 대규모입니다. 여기를 보아주시기 바랍니다."

그러더니 유엽은 지도에 그려진 꼬불꼬불한 선을 손가락으로 그리며 움직이다가 창현이라고 쓰여 있는 곳에서 멈추었다.

"여기 창현은 제남성을 떠난 황건적의 잔당들에게는 청주성과 이곳 북해로 가는 갈림길입니다."

유엽의 말처럼 제남성을 점령한 황건적 잔당들이 청주성이나 북해로 가려면 반드시 창현을 거쳐야만 했다.

"제가 볼 때 관해란 자는 이곳 창현에서 군을 양분할 것입니다."

"이보게, 그것은 이미 주공께서 예측을 하셨네. 문제는 관해란 자가 청주와 북해 중 어디로 올지를 모른다는 것이네.

그 때문에 이러고 있지 않은가."

태사자의 말은 사실과 달랐다.

현대사회에서 넘어온 수현이다. 그러니 그가 고대 중국의 지리를 세세하게 파악하고 있을 리가 없었다. 이번 일은 태사자가 모두 계획을 세웠지만, 자신이 섬기는 주공을 위해 그처럼 말한 것이다. 그러기에 태사자에게 고마움을 느끼는 수현이었다.

태사자가 유엽에게 그처럼 말하자 조운과 장합도 살며시 고개를 끄덕거리며 동의했다.

그러자 유엽이 수현을 바라보며 입을 열었다.

"흠차관 각하, 한 가지 여쭈고자 하는 것이 있습니다."

"말하게."

"만약 관해란 자가 이곳으로 온다면 그를 막아낼 수는 있으신지요?"

그러자 수현은 자신의 옆자리에 있는 태사자, 조운, 장합을 바라보았다. 그들을 바라보며 앞으로 자신과 함께 한 시대를 풍미할 사람들이라는 생각이 들었다.

"자의!"

"예, 주공."

수현의 단호한 부름에 자리에서 벌떡 일어나 공손히 예를 올리며 답하는 태사자였다.

"자룡!"

"예, 형님!"

조운도 수현의 부름에 자리에서 일어나더니 결기 있게 답을 했다.

"준예!"

"예, 각하."

장합도 그 두 사람처럼 자리에서 일어나더니 공손히 답을 했다.

수현은 그들을 잠시 바라보다 입을 열었다.

"모두들 관해가 두려운가! 저 황건적의 잔당들이 두려운가!"

"각하! 제게 기회만 주신다면 관해란 자를 단숨에 처리하겠습니다!"

조운이 먼저 결의에 찬 표정으로 답을 했다. 그러자 나머지 태사자, 장합 두 사람도 조운과 같은 답을 하며 결의를 다졌다.

그들 셋을 바라보며 입가에 엷은 미소를 만드는 수현이었다.

너무나도 믿음직스러운 셋인지라 수현은 내심 뿌듯하기도 하였다.

"이보게, 자양."

"예, 흠차관 각하."

"그대는 모르겠지만 여기 있는 세 사람은 앞으로 널리 이름을 떨칠 것이네. 저들이라면 능히 관해를 상대할 수 있을 것으로 보네. 아직도 의심스러운가?"

"아닙니다, 부득이하게 세 분의 심기를 거스른 점 사죄드립니다."

이미 태사자, 장합, 조운이 평범한 인물이 아니라고 여기고 있었던 유엽이었다. 그 때문에 수현의 물음에 곧바로 세 사람을 향해 사과의 의미로 공손히 인사를 하였다.

그러자 굳어 있었던 세 사람의 표정이 조금은 풀렸다.

수현이 다시 유엽에게 물었다.

"자양은 지금 이러는 것이 무엇을 뜻하는지를 알고서 하는 것인가?"

"예! 잘 알고 있습니다. 흠차관 각하께서 저를 믿어주신다면 앞으로 각하를 섬기고 싶습니다."

그렇게 말하면서 유엽은 수현을 향해 공손히 예를 올렸다.

수현은 당연히 말로 표현하기가 힘들 정도로 기뻤지만 내색하지 않았다.

"다만 이번 일은 제가 준비한 작은 예물로 받아주시기를 청합니다. 혹여라도 제 계책이 실패한다면 그에 상응하는 벌을 받겠습니다."

"자네 정도의 인재라면 언제든지 환영하는 바이네. 그러니 부담을 갖지 말고 의견을 개진하게! 모든 책임은 내가 지겠네!"

"황감하옵니다. 흠차관 각하."

유엽은 그런 말을 듣게 되자 부담감이 사라졌다.

이곳에 오기 전만 하더라도 계책을 반드시 성공시켜야 한다는 부담감이 무겁게 마음을 짓누르고 있었다. 그런데 그런 부담감에서 벗어나게 되자 경직되었던 몸이 풀리는 기분이었다.

수현은 잠시 무언가를 생각하는 듯 말이 없었다.

모두들 그런 그를 말없이 바라만 보았다. 잠시간의 시간이 지나자 수현이 입을 열었다.

"자양의 환영식은 이번 일이 끝나면 정식으로 하는 것으로 하지. 아! 자경은 어떻게 하기로 하였는지 아는 것이 있는가?"

"자경은 조모께서 병환 중인지라 당분간은 운신하기가 어렵습니다. 그래도 조모께서 안정을 찾는다면 저와 함께 각하를 보필할 것으로 봅니다."

"반가운 말이군. 그럼 마저 계획을 들어보도록 하지."

그러자 유엽은 지도를 바라보며 장황하게 설명을 하였고, 1각이 넘는 시간 동안 이어진 그의 설명이 끝나자 수현이 세 사람을 바라보며 물었다.

"자의, 자네는 어떻게 보는가?"

"저대로만 된다면 관해란 자를 충분히 상대할 수 있을 것 같습니다."

"두 사람은?"

그에 조운과 장합도 태사자와 같은 뜻을 밝혔다.

모두의 뜻을 파악하자 수현이 자리에서 일어났다.

"자양은 앞으로 나서라!"

그러자 유엽이 수현 앞으로 가서 자리를 잡더니 허리를 숙여 보였다.

"그대들도 알겠지만 군대는 상명하복 집단이다! 이에 천자를 대신하는 흠차관의 권한으로 유엽을 행군사마에 임명한다!"

"황감하옵니다, 흠차관 각하."

행군사마(行軍司馬)!

장군의 보좌관으로 한나라 때 설치되었다. 부내(府內)의 사무를 총괄하는 한편 출정 때는 참모가 되어 장군의 부직(副職)이 된다. 별명을 군사마(軍司馬) 또는 군사(軍司)라 칭했다.

유엽은 왕에게 행하는 예식으로 수현에게 네 번의 절을 하였다.

그런 예식이 끝나자 모두들 환하게 웃으며 반갑게 유엽을 반겨주었다.

"반갑네, 나는 흠차관 각하의 의동생 조운이라 하네. 자는 자룡을 쓰지."

"앞으로 잘 부탁드리겠습니다."

"나는 주공을 섬기고 있는 태사자라 한다네. 자는 자의를 쓰지. 이렇게 뛰어난 군사를 주공께서 얻었으니 앞날이 기대되네."

장합도 유엽에게 인사를 하면서 반겨주었다.

그런 모습을 바라보던 수현은 유엽이 힘을 실어주어 다행이다 싶었다.

만약 유엽이 도와주지 않았다면 앞으로의 행보가 매우 어려웠을 거라 생각한 그였다. 그런 와중에 자진하여 돕겠다고 나섰으니 당연히 유엽이 고마울 수밖에 없었다.

"자양을 행군사마에 임명하였으니 앞으로 군사로 부르겠다."

"실망하시는 일이 없도록 더욱 노력하겠습니다."

"이제 관해를 어떻게 처리할지를 상세히 말해보게."

"먼저 그자를 청주성이 아닌 이곳 북해로 유인하여야 합니다."

"유인이라? 어떻게 말인가?"

"저들에게 소문을 퍼뜨리는 겁니다. 흠차관 각하께서 북해를 방문하였고, 각하의 지시로 막대한 양의 식량을 옮겼다고 저들에게 퍼뜨리는 것입니다."

그러면서 유엽은 가림막에 부착되어 있는 지도의 한 부분을 가리키며 말했다.

"이곳은 북해 항구 인근에 위치한 도창현입니다. 이곳에 상당한 양의 식량이 보관되어 있다는 거짓 소문을 퍼뜨려 관해를 유인합니다. 그러기 위해서는 누군가 적진에 잠입하여 소문을 퍼뜨려야만 합니다."

그 말에 장합이 수현을 바라보았다.

"제가 적진으로 잠입하겠습니다!"

"준예, 자네가?"

"예! 맡겨만 주신다면 반드시 성공시키겠습니다."

결의에 찬 표정으로 말하는 장합은 이번 일이 자신에게 기회란 것을 즉각 파악하였다.

공식적으로는 황숙 유우를 섬기는 무장의 신분이었지만, 실제로는 수현 휘하의 무장이나 다름이 없는 그였다.

유우가 자신의 사후에 새로운 길을 찾아도 된다고는 하였지만, 장합은 그럴 생각이 점점 희석되어 간다는 것을 누구보다도 본인이 잘 알고 있었다. 그러기에 이번에 공을 세워보고 싶은 생각이 간절했고, 때마침 기회가 찾아오자 위험한 일임에도 일말의 망설임 없이 자원했다.

수현은 장합의 굳은 결심이 눈에 보이는 듯하자 유엽을 바라보았다.

"군사는 준예에게 세부 계획을 알려주게."

"예, 준예 공은 내일 날이 밝는 즉시 장사꾼으로 위장하여 제남으로 출발합니다. 그런 후에 저들에게 포로가 되시면 됩니다."

"포로가 되라니 그게 무슨 말이오?"

장합은 유엽의 지시가 이상스러워 반문을 했다.

그러자 유엽은 모두가 들을 수 있게 설명을 하였고, 잠시 생각을 하던 수현이 옆에 있는 태사자에게 물었다.

"자의는 어떻게 생각하는가?"

"계획대로 포로가 되어 자연스럽게 거짓 정보를 흘린다면, 분명 관해를 도창으로 유인할 수 있을 것 같습니다."

"알았네, 그것은 그리하지. 군사."

"예, 흠차관 각하."

"관해를 도창으로 유인한다고 하여도 여전히 청주성으로 가는 황건적의 잔당들이 있을 것이네. 그들은 어떻게 막아낼 것인가?"

그러자 유엽이 다시 지도를 보며 설명을 시작했다.

"창현에서 군을 양분한 관해는 주력을 이끌고 도창현으로 이동할 것입니다. 그럼 나머지 군은 이곳 청주성으로 진격을 할 것입니다. 그런데 청주성으로 가려면 이곳 보산을 지나야만 합니다."

유엽이 지도에 가리키는 곳에는 보산(保山)이라고 쓰여 있었다.

그러면서 그곳은 산세가 험악하지만 청주로 가는 지름길이라고 설명을 했다.

"청주로 향하는 적군을 이곳 보산의 협곡에서 격퇴를 합니다. 그러기 위해서는 누군가 적들을 협곡으로 유인하여야만 합니다."

"그것으로 모든 계획이 완성되었는가?"

"예, 변동 사항이 없다면 이대로 진행해도 될 것입니다."

그러자 수현이 몸을 돌려 태사자를 바라보았다.

"자의!"

"예! 주공!"

"그대에게 오천의 병력을 내어주겠다. 속히 청주성으로 가서 그곳의 병력과 합세한 후 보산의 협곡에 매복하여 적들을 소탕하라!"

"반드시 임무를 완수하겠습니다!"

"자룡!"

"예, 형님!"

조운은 수현의 부름에 마침내 자신이 나설 차례라는 생각이 들어 힘차게 답을 했다.

"자룡은 나와 함께 도창현으로 간다! 그곳에서 관해를 기다린다!"

"예! 맡겨만 주신다면 관해란 놈을 반드시 처리하겠습니다!"

그러자 유엽이 급히 물었다.

"각하, 이곳은 어떻게 하실 생각이신지요?"

"그것은 북해국 상을 만난 후에 알려주겠네. 할 말이 남았는가?"

"아닙니다."

"그럼 이만 회의를 마치도록 하지. 준예는 내일 떠날 수 있게 채비를 서두르게."

"예, 각하."

그렇게 결정이 나자 수현은 곧바로 북해국 상(相) 공융을 찾아갔다.

공융은 제남성이 황건적 잔당들에게 점령을 당했다는 소식을 접한 후로 불안하기만 하였다. 그러던 중에 흠차관 진수현으로부터 호출을 받자 한걸음에 조당으로 달려갔다.

공융이 자리에 앉자 수현은 자신이 도창으로 가서 황건적 잔당들의 총두령 관해를 상대할 것이라고 알려주었다.

"각하, 제 휘하에는 뛰어난 무장이 없습니다. 각하의 의제를 여기에 남겨두어 성을 지킬 수 있게 해주시지요."

"그것은 걱정하지 않아도 되네. 조만간 감녕이라는 자가 이곳에 올 것이니 그자에게 성을 지키라고 하면 될 것이네. 비록 염상이지만 감녕이라면 능히 성을 지켜낼 것이네."

"소, 소금 장수에게 여기를 맡기라는 말씀이신지요?"

"내 말을 믿지 못하겠다는 것인가!"

"아, 아닙니다!"

공융은 당황하며 황급히 부인을 하였지만 내심 불안할 수
밖에 없었다.

소금 장수가 얼마나 대단한지는 모르겠지만, 이건 아니다
싶었다. 하지만 흠차관의 지시인지라 불안한 마음으로 지켜볼
수밖에 별다른 도리가 없었다.

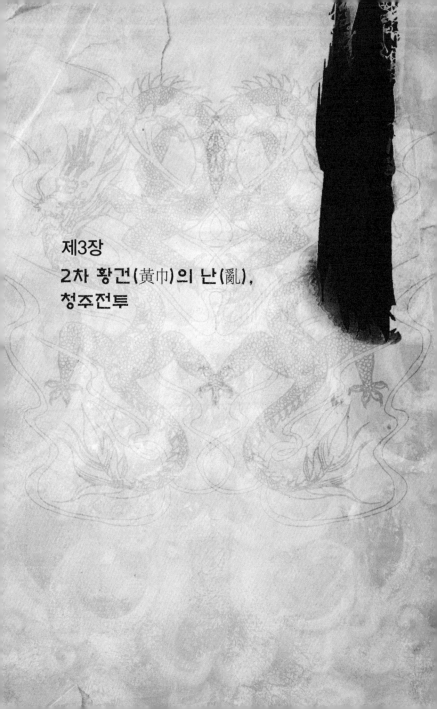

제3장

2차 황건(黃巾)의 난(亂), 청주전투

수십 일 후, 제남성(齊南城).

황건적 잔당들의 총두령 관해가 제남성을 점령한 지 수십 일이 지났다.

그럼에도 그는 여전히 청주성과 북해 중에 어느 곳으로 갈 지를 결정하지 못했다.

우물쭈물하는 사이에 식량은 점점 떨어져 갔고, 아무리 그런 사정을 숨기려 하여도 소문이 돌아 부하들의 사기가 급격히 떨어지는 것이 파악될 수밖에 없었다.

그는 더 이상은 지체할 수 없다고 생각하여 두령들을 제남의 조당으로 불러 모았다.

타닥!

타다닥!

제남의 조당 안에 피워져 있는 화로에서 요란한 소리가 울려 퍼지면서 불똥이 허공으로 비산했다. 잠시 침묵을 깨는 그 소리가 사라지자 또다시 조당 안은 고요한 적막만이 감돌고 있었다.

화로를 중심으로 관해와 그의 아내 천홍이 앉아 있었고, 맞은편에는 황건적 잔당들의 두령인 공도, 주창, 배원소, 변희가 심각한 표정을 내보이고 있었다.

막상 두령들을 불러 모았지만, 아무런 결정을 내리지 못한 관해였다.

오늘도 속절없이 시간만 소비하고 있다 보니 어느새 해가 저물어 가고 있었다.

"관 랑, 그만 일어나세요."

"그러지."

관해가 자리에서 일어나자 그의 부하들도 덩달아 일어났다.

그런데 그들 두령 중 허리에 유성추를 꽂은 변희란 자가 험악하게 생긴 얼굴을 찌푸리며 말했다.

"총두령, 오늘도 아무런 소득 없이 끝나는 것입니까!"

"변희! 말을 가려 하라!"

누가 들어보아도 불손한 말투로 말하는 변희였다.

그러자 얼굴에 수염이 덥수룩하게 자라 있는 주창이 소리쳤다.

관해가 손을 들어 보이자 뒤로 물러서는 주창이었지만, 변희를 노려보는 그의 눈길이 매서웠다.

"너는 굶주린 병사들을 이끌고 전투를 하자는 것이더냐?"

"어차피 이곳에 식량은 얼마 남지 않았습니다. 총두령은 여기서 전부 굶어 죽자는 뜻입니까! 여기서 굶어 죽으나, 약탈을 하다가 죽으나 매한가지가 아닙니까!"

쉬익!

짝!

갑자기 변희 앞에 기다란 채찍이 내려쳤고, 요란한 소리에 모두들 채찍의 주인 천홍을 바라보았다.

짝!

또다시 관해의 아내 천홍이 채찍으로 바닥을 내려쳤다.

그녀는 느릿하게 손을 움직이며 채찍을 달팽이처럼 돌돌 감았지만, 변희를 바라보는 눈빛만큼은 섬뜩할 정도였다.

그러자 변희도 천홍을 노려보았지만, 남편 관해의 위세를 믿는 그녀가 아무래도 우세할 수밖에 없는 상황이었다.

"변희! 한 번만 더 주제를 모르고 나선다면 네놈을 용서하지 않겠다!"

"하! 지금 그게 말이라고 하는 것이오!"

서로를 죽일 듯이 노려보는 일촉즉발의 상황이 벌여졌고, 금방이라도 서로를 죽일 것만 같은 험악한 분위기였다.

관해는 그런 두 사람을 보다 못해 벌떡 일어나 소리쳤다.

"그만! 둘 다 그만해!"

관해가 두 사람을 향해 소리쳤지만, 마치 불꽃이 튀는 듯한 눈싸움을 벌이는 변희와 천홍에게는 들리지 않는 것만 같았다.

'내 언제고 저년을 죽여 버린다!'

'흥! 꼴에 배운 놈이라고 언제나 잘난 척만 하고!'

"에잇! 맘대로 해!"

관해가 버럭 소리치더니, 콧바람을 씩씩 뿜어대며 조당을 나가 버렸다.

그러자 그의 아내 천홍이 다급하게 뒤를 따라 조당을 나갔다.

이들이 자중지란에 빠진 것에는 그만한 이유가 있었다.

184년, 장각(張角)을 우두머리로 하여 황건의 난이 일어났다.

장각은 태평도(太平道)라는 종교를 세워 후한을 타도하려고 시도했으나 실패했다.

황건적의 난이 토벌되고 그 잔당들이 모인 곳이 청주의 황건적들이었다.

황건적은 대부분이 농민 출신이었고, 그러다 보니 글을 아는 자는 극소수에 불과했다.

지금 관해가 이끄는 두령들 중에 유독 변희만이 글을 읽고 쓰는 것이 가능했다.

지금이야 황건적 잔당들의 두령인 변희지만, 훗날 조조의 휘하에 들어가게 된다.

변희의 친우 중에 조조 휘하에 있는 관리가 있었고, 낙양태수를 지내게 되는 그 친우의 추천으로 조조를 섬기게 되는 것이다.

그러다 관우가 의형 유비를 찾아가기 위해 오관을 돌파할 때 낙양관(洛陽關)의 수비대장을 지내게 된다. 물론 관우에게 단칼에 죽임을 당했다.

아무튼 지금의 이들과는 상당히 껄끄러운 사이가 분명했다.

변희는 평소 자신이 식자(識者)라는 것에 상당한 자부심을 가지고 있었다. 그러니 글을 알지 못하는 저들을 대놓고 무시하였다.

관해의 아내 천홍은 언제나 자신의 남편을 무시하는 변희가 좋을 리 없었다. 그러기에 남편 관해를 무시하는 변희를 눈엣가시처럼 여기고 있었던 거였다.

"관 랑! 관 랑!"

성내의 대로를 걸으면서 연신 남편을 부르던 그녀는 힐끔거리며 관해의 눈치를 살폈다.

관해는 그녀에게 화가 많이 났는지 눈길조차 주지 않은 채로 말했다.

"왜 그렇게 보시오."

"죄송해요, 제가 또 성질을 참지 못하고 나섰네요."

그렇게 말을 하더니 천홍은 벼락처럼 남편에게 팔짱을 꼈다. 그러고는 상체를 바짝 붙이며 관해를 올려다보았다.

관해는 아내의 풍성한 감촉이 느껴지자 더 이상 화를 내지 못하고 입을 열었다.

"되었네, 어디 하루 이틀 있었던 일이던가. 그보다 변희에게 너무 모질게 대하지 마시오."

"흥! 변희 그놈이 먹물 좀 먹었다고 얼마나 유세를 부리는지 아세요!"

"그래도 어려운 일이 있을 때면 그에게 의지해야 하는 것이 현실이지 않는가."

"알았어요, 다음부터는 참아보겠어요."

말은 그렇게 하는 천홍이었지만 변희의 오만방자함이 떠오르자 불쾌하였다. 하지만 남편을 위해서 참아야 한다고 생각했다.

그런 천홍의 눈에 이상한 것이 보였다.

"관 랑, 저기를 보세요."

아내의 말에 상념에서 벗어난 관해는 성문으로 들어서는 정찰병들을 보았다.

그런데 누군지는 모르겠지만 정찰병들이 한 무리의 사내들을 밧줄로 단단히 포박한 상태로 걸어오는 것이 보였다. 마치 굴비를 엮은 듯이 성내로 들어오는 모습에 걸음을 옮기는 관해였다.

"가봅시다."

느릿하게 움직이며 정찰병들에게로 향하는 관해와 천홍이었다.

그런데 정찰병들에게 붙잡힌 자는 바로 장합이었다.

장합은 유엽의 계획대로 장사꾼으로 위장하여 십여 명의 부하들과 함께 제남성으로 출발하였다. 그런 후에 제남성 인근을 정찰하고 있던 황건적 잔당들에게 포로가 되었다.

장합은 정찰병들에게 붙잡혔다는 것은 안중에도 없고, 재빨리 이리저리 눈을 굴리며 내부 사정을 파악하기에 여념이 없었다.

정찰조의 조장은 총두령 관해가 나타나자 황급히 인사를 했다.

"총두령님!"

"뭐 하는 자들이냐?"

"인근에서 붙잡았는데, 모두 장사꾼이라고 합니다."

그 조장의 말에 장합과 그의 부하들을 바라보는 관해였다.

장합은 기골이 장대하고 검은 머리에 하얀 수염을 기르고 있는 자가 이들의 총두령 관해라는 것을 알게 되었다.

'보통내기가 아니구나……'

장합은 한눈에 관해가 평범한 인물이 아니라는 것을 간파했다.

"심문을 할 것이니 관청으로 데려가라."

"예, 총두령님."

정찰병들에게 이끌려 제남의 관청으로 향하는 장합이었고, 그 뒤를 관해와 천홍이 따랐다.

때마침 관청 안에는 관해의 부하 장수들이 남아 있었다. 그들은 십여 명의 사내들이 단단히 포박된 상태로 들어오는 것을 호기심 어린 눈빛으로 지켜보았다.

관해가 태수의 자리로 가서 앉자, 정찰병들의 조장이 소리쳤다.

"꿇어라!"

장합과 그의 부하 십여 명은 저항하지 않고 순순히 관해 앞에 무릎을 꿇었다.

그러자 관해가 변희를 바라보며 입을 열었다.

"변희, 자네가 심문을 해보게."

관해의 지시를 받은 변희가 장합에게로 걸어가면서 허리춤에 있는 유성추를 빼 들었다. 그러고는 마치 위협을 하듯이 천천히 유성추를 풀어내며 말했다.

"묻는 말에 솔직하게 답하면 살려줄 것이다. 하지만 거짓을 말한다면 네놈들의 머리통을 이걸로 부숴 버리겠다!"

부우웅!

부우웅!

변희는 어른 주먹 크기의 쇠구슬이 매달려 있는 유성추를 허공에 휘돌리면서 위협했다.

그러자 장사꾼으로 위장한 장합이 겁먹은 표정으로 말했다.

"사, 살려주십시오!"

"그거는 네놈의 대답 여하에 달려 있다. 어디서 왔느냐!"

"저희는 북해에서 왔습니다."

"변희, 잠깐 이리로 와보게."

갑자기 관해가 부르자 눈썹을 꿈틀거리는 변희였다.

변희의 그런 표정 변화를 장합이 보았고, 순식간에 저들 사이에 내분이 있을지도 모른다는 생각을 했다.

굳은 표정의 변희가 몸을 돌렸지만 언제 그랬냐는 듯이 평소의 표정으로 돌변해 있었다.

관해에게 다가가서 그에게 살짝 허리를 숙여 보인 변희는 속삭이듯이 말하는 것을 귀담아 들었다.

"그렇게 해보게."

"알겠습니다."

짧은 지시가 끝나자 변희는 다시 장합과 그의 부하들이 꿇어앉아 있는 조당의 중앙으로 향했다.

"들어라! 네놈이 북해에서 왔다고 한다면 그것을 어떻게 증명할 것이더냐! 청주성에서 보낸 간자가 아니더냐!"

"아닙니다! 저희는 북해에서 왔습니다. 정말입니다! 믿어주십시오!"

"말로만 믿어달라는 것은 나 또한 할 수 있는 일이다! 증좌를 내놓아라!"

"아시는지는 모르겠지만 얼마 전 북해에 흠차관이란 자가 나타났습니다."

"흠차관? 소상히 말해보거라!"

그러자 장합은 수현에 대한 것을 적당히 각색하여 말하기 시작했다.

관해를 비롯한 그의 부하 장수들은 천자를 대신하여 흠차관이 지방을 시찰하고 있다는 말에 놀라는 모습을 내보였다.

"그리고 이건 저도 소문으로 들었습니다. 흠차관이란 자가 청주 지역 일대의 식량을 옮기라는 지시를 하였답니다."

"변희!"

또다시 관해의 외침이 울려 퍼졌다.

그러자 변희는 잔뜩 얼굴을 구겼다.

'궁금한 것이 있으면 직접 물어보면 될 것이 아닌가!'

그런 변희의 표정을 보게 되자 장합은 이들에게 심각한 내분이 있다고 확신하게 되었다.

변희가 몸을 돌려 다가가자 또다시 귓속말을 하는 관해였다.

"식량이 어디에 있는지를 알아내게."

'아뵤! 이 병신 새끼! 당연히 물어볼 것인데 그새를 못 참고……'

마음 같아서는 관해의 주둥이를 쳐버리고 싶은 변희였다. 하지만 그랬다가는 자신이 죽는다는 것을 알기에 공손히 반문했다.

"또 다른 지시 사항이 있는지요?"

"아니네, 가서 계속 알아보게."

"예."

다시 장합에게 걸어가면서 변희는 애써 화를 참아내야만 했다.

처음 자신을 불러 북해에서 왔는지를 확인하라고 하더니, 이번에는 식량이 어디로 옮겨졌는지를 물어보라고 지시하는 관해였다.

변희는 자신이 어련히 알아서 심문을 할 것인데도 계집처럼 출랑거리는 것에 화가 치밀어 올랐다.

관해가 부하들 앞이라 딴에는 위엄을 차리려고 하는 것 같았다. 하지만 일자무식인 관해였기에, 그런 그가 변희에게는 우습고 가소롭게만 여겨졌다.

"들으라! 그 흠차관이란 자가 어디로 식량을 옮겼는지 알고 있느냐?"

"소문으로 들어 정확한 것인지는 알지를 못합니다."

"그래도 답하라."

"제가 알기로 북해 항구 인근에 도창이라는 작은 현이 있습니다. 그곳으로 식량을 옮긴다고 들었습니다."

"여봐라! 이놈들을 하옥하라!"

"살려주십시오!"

"네놈의 말이 사실이라면 살려줄 것이다!"

그러자 황건적 병사들이 장합과 그의 부하들을 이끌고 조당을 빠져나갔다.

관해는 조당 안에 있는 병사들을 모두 내보내고, 두령들과 함께 의논을 시작했다.

"놈들이 도창이라는 곳에 식량을 보관하였다고 하니 그곳으로 가야 하겠지?"

"그럼 청주성은 포기하십니까?"

공도의 물음에 관해가 슬쩍 변희에게 눈길을 주었다.

관해가 변희의 무례함을 알면서도 그를 내치지 못하는 것은 지금처럼 무언가를 결정하려면 그의 도움이 필요하기 때문이었다.

변희도 그런 관해의 약점을 알고 있었기에 그처럼 안하무인으로 행동할 수 있었다.

"변희, 자네 생각은 어떠한가?"

"청주성을 포기할 수는 없습니다."

"왜 그런가?"

"만약 청주성을 포기하고 북해로 간다면 후미가 불안해지기 때문입니다. 그러니 군을 나누어 청주성에서 북해로 병력을 보내는 것을 막아야만 합니다."

"그러고 싶어도 식량이 없지 않은가?"

"청주성으로 가려면 반드시 창현을 지나야만 합니다. 그곳에서 식량을 약탈한 후에 군을 양분하는 것입니다. 운이 좋으면 청주성을 점령할 수도 있을 겁니다."

그 말에 관해는 탐스럽게 자란 하얀 턱수염을 만지작거렸다.

잠시 고민을 하던 관해가 고개를 크게 끄덕이더니 입을 열었다.

"내일 날이 밝는 즉시 창현으로 출발한다! 그곳에서 군을 양분할 것이다! 변희!"

"예, 총두령."

"그대에게 오만의 병력을 내어주겠다. 곧장 청주성으로 가게."

"예, 그리하겠습니다."

"주창과 배원소는 변희를 도와 청주성을 공격한다!"

주창과 배원소는 관해의 그런 지시에 인상을 구겼다.

평소에 자신들을 무식하다고 하면서 무시하였던 변희 놈을 보좌하라는 지시이니 당연한 반응이었다.

"공도는 나와 함께 북해로 간다!"

"예! 총두령님!"

"그럼 하옥시킨 놈들은 어찌하실 겁니까?"

"가서 풀어주라고 하게."

"간세일지도 모릅니다!"

변희가 그런 지시를 내리는 관해를 똑바로 쳐다보며 소리쳤다.

그러자 천홍이 허리춤에 있는 채찍으로 손을 가져가면서 소리쳤다.

"이봐!"

변희가 무례한 태도를 보이자, 잠잠히 남편의 곁에서 자리를 지키고 있었던 천홍이 눈에 힘을 주며 그를 노려보았다.

그러자 천홍의 팔을 붙잡으며 제지한 관해가 마치 아무 일
도 아닌 것처럼 말했다.

"자네 말처럼 저들이 간자일 수도 있겠지."

"그런데 왜 저들을 풀어주라는 것입니까!"

"이봐! 변희!"

천홍이 또다시 변희를 노려보며 소리쳤고, 관해는 그런 그
녀에게 손을 들어 보이며 만류했다.

"생각을 해보게. 세상에 어느 간자가 저렇게 쉽게 붙잡혀
올 수가 있겠는가? 그러니 그냥 풀어주게."

"하지만!"

"그만! 공도, 네가 가서 저들을 풀어주어라."

"예, 총두령님."

자리에서 일어나 밖으로 나가는 공도를 바라보던 변희는 화
가 치밀어 올랐다.

'대체 뭐가 급하다고 풀어준다는 것인가! 꼴에 시답지 않은
성인군자라도 되는 것으로 착각하는 것인가!'

변희는 아무리 생각을 해보아도 관해의 이런 처분이 도저
히 납득이 되지 않았다. 그러기에 관해나 그를 따르는 두령들
에게 좋은 감정이 남아 있지 않았다.

'저런 무식한 놈을 총두령으로 섬겨야 하는 내 신세도 참으
로 딱하구나……'

그런 생각이 들자 변희는 화가 치밀어 올랐다. 하지만 자신이 할 수 있는 것은 아무것도 없다는 것을 알았고, 그 때문에 애써 참을 수밖에 없었다.

한편, 제남성 감옥에 갇혀 있는 장합과 그의 부하들은 무언가를 의논 중이었다.

그들 중에 한 명은 감옥의 출입문을 바라보며 망을 보았고, 나머지는 심각한 분위기 속에서 속삭이듯이 말했다.

그때였다.

"누가 옵니다!"

망을 보던 사내가 장합을 보며 소리쳤다.

그러자 모두들 약속이라도 한 듯이 벽으로 가서 앉았다. 마치 아무 일도 없다는 듯이 벽에 기대어 앉아서 멍하니 있는 그들이었다.

저벅!

저벅!

잠시 후 발자국 소리가 들려오더니 불빛이 점점 다가오는 것이 보였다.

이내 횃불을 들고 있는 황건적들이 나타났고, 그들과 함께 온 공도가 무심하게 소리쳤다.

"모두 풀어주어라!"

공도의 지시에 황건적들이 감옥 문을 열어주었다.

장합과 그의 부하들은 이게 무슨 일인가 싶었다. 당연히 한동안은 감옥에 갇혀 있어야 한다고 생각했었던 그들이었다. 그러기에 한창 탈출을 모의했던 것이었다.

그런데 이처럼 빠르게 풀려날 줄은 미처 예상하지 못한 그들이었다.

"그만 가봐!"

"저, 정말 저희를 풀어주시는 겁니까?"

"그래! 당장 꺼져!"

"그럼 저희 짐은?"

"짐! 왜 다시 감옥에 처넣어줄까!"

"아, 아닙니다! 가겠습니다!"

장합은 끝까지 상인처럼 보이기 위해 짐을 찾으면서 의심을 피했고, 부하들과 함께 서둘러 감옥을 나갔다.

그런 내막을 알 리가 없는 공도는 잠시 그들을 지켜보다 모두 감옥에서 빠져나가자 부하들에게 누런 이빨을 드러내며 웃었다.

"어떠냐! 내 한마디에 놀라서 도망치는 꼴이!"

"대단하십니다!"

"저는 역시 우리 두령님이시구나 했습니다!"

"놈들에게서 빼앗은 짐은 너희들에게도 나눠줄 것이다. 우선은 내 방에 옮겨두어라."

"예! 두령님!"

뜻하지 않은 재물이 굴러들어오자 다들 키득거리며 좋아라
하였다.

무사히 감옥을 빠져나온 장합과 그의 부하들은 서둘러 제
남성을 빠져나갔다. 행여나 누가 쫓아오지나 않을까 노심초사
하며 연신 주변을 살피는 장합이었다.

그렇게 그들은 극도로 긴장한 상태에서 성을 빠져나왔다.

시간이 흐르고 그들은 성에서 멀리 떨어져 있는 이름 모를
야산에 도착하고서야 겨우 안도하게 되었다.

그들이 지친 몸을 쉬고 있을 때였다.

갑자기 바위 뒤에서 일단의 병사들이 나타났다.

"대장님!"

"모두 즉시 떠날 준비를 하여라!"

장합은 황건적에게 포로가 되기 전에 이곳 야산에 함께 대
동하였던 병력의 일부를 숨겨두었다.

겨우 20여 명에 불과했지만 장합이 제남성을 탈출하면 그
즉시 청주성으로 가기로 약속이 되어 있었다. 예상했던 것보
다 일찍 풀려난 장합은 한시라도 빨리 창현으로 가야 한다고
생각하며 서둘렀다. 창현의 백성들을 피신시키려면 시간이 부
족하다고 여겼기 때문이었다.

그렇게 떠날 준비를 마친 장합은 병사들과 함께 빠르게 말을 몰아 창현으로 향했다.

그 무렵 태산을 떠났던 황건적 잔당들의 상황을 살펴보자.

먼저 제2군을 이끄는 유벽.

태산을 출발하여 역성현을 점령한 후에 그곳에서 군을 나눈 총두령 관해였다.

관해는 유벽에게 10만의 병력을 내어주며 제2군을 지휘하도록 하였다.

제2군은 황하의 지류인 백마강 인근에 있는 화현을 어려움 없이 점령하게 되었다.

유벽은 화현에 머물면서 도강 준비에 들어갔고, 그의 다음 목표 지역은 고당현이었다.

고당현은 평원군에 속했는데, 현령은 훗날 삼국의 한 축인 촉나라를 건국하는 유비였다.

유비는 백마강 너머에 있는 화현이 황건적 잔당들에게 점령을 당했다는 소식을 접하게 된다.

그러자 그는 자신을 후원해 주는 공손찬에게 지원을 요청하기에 이르렀다.

이때 공손찬은 원소와 기주의 패권을 두고 치열한 공방을 거듭하고 있는 상태였다.

그런 이유로 공손찬을 섬기는 몇몇의 속관들이 유비의 지원 요청을 받아들이는 것을 반대했다.

하지만 공손찬은 속관들과 다른 생각을 하였다.

만약 고당현이 황건적 잔당들에게 점령을 당했다면 평원군마저도 위태롭게 된다고 보았다.

더구나 원소가 연패하고 있는 전황인 점을 감안하면 충분히 병력을 빼낼 수 있을 것으로 보았다. 그에 공손찬은 기병 1천, 궁병 1천, 보병 3천으로 구성된 5천의 총병력으로 유비를 지원하기에 이른다.

그러자 유비는 공손찬이 지원해 준 5천의 병력과 고당현의 자체 병력 3천을 이끌고 포구로 향했다.

유비는 고당현의 포구 인근에 있는 구릉에 진을 설치한 후 유벽이 이끄는 10만의 황건적 잔당들이 도강을 해오기를 기다렸다.

제2군을 이끄는 유벽은 고당현 포구 인근에서 유비가 기다리고 있다는 것도 모른 채로 병력을 도강시켰다. 무려 10만에 달하는 대규모인지라 수많은 배와 뗏목들이 동원된 엄청난 광경이 백마강 유역에 펼쳐졌다.

거친 백마강의 물살을 헤치고 속속 강을 건너는 황건적들이었다.

유비는 그런 모습을 말없이 지켜보았다.

그는 황건적 잔당들의 선발대가 강을 건너오자 일제히 총공격을 명령했다.

관우와 장비가 이끄는 병사들은 이제 막 강을 건너 전열을 가다듬지도 못한 황건적들을 무참하게 도륙하기 시작하였다.

또한 유비가 백마강을 건너오고 있는 배와 뗏목에 끊임없이 불화살을 쏘아대자 강으로 뛰어드는 자들이 속출했다.

그럼에도 불구하고 유벽은 수많은 피해를 감수하면서 마침내 도강에 성공했다.

하지만 공손찬이 지원한 1천의 기마대가 노도처럼 들이치자 더 이상은 버틸 수가 없었다.

전황이 불리해지자 유벽은 병사들을 버려둔 채 도망치고 말았다.

이때 유벽은 전체 병력의 8할이나 되는 병사들을 잃었고, 겨우 수백의 병력을 이끌고서 간신히 태산으로 회군하였다.

한편, 연주 방면으로 진격하던 황건적 잔당들의 제3군 지휘관은 황소였다. 그리고 부장으로는 하의, 하만이 그를 따르고 있었다.

연주자사 유대는 황소의 제3군을 맞이해 고군분투하였지만 끝내 전사하고 말았다.

이에 조조와 친분이 있었던 연주의 제북국 상(相) 포신이 영상서사인 유주의 황숙 유우에게 공문을 보내게 된다.

영상서사 유우는 동군태수 조조를 연주목으로 추천하는
제북국의 상 포신의 주청을 받아들이게 된다.

그렇게 연주의 목(牧)에 임명된 조조는 휘하의 장수들을 이
끌고 제북국의 상 포신과 합세하게 되었다.

연주목 조조는 황건적과의 전투에서 오른손에 화상을 입
은 채 간신히 구조되었고, 제북국의 상 포신은 끝내 전사하고
말았다.

서전은 그렇게 조조의 패배로 끝났고, 병사들의 사기가 땅
에 떨어진 것은 자명한 일이었다.

하지만 조조는 포기하지 않았다.

그는 병사들에게 전공을 세우면 상을 내리겠다고 확언을
하여 병사들의 사기를 끌어올렸다. 또한 적의 예상 퇴로를 차
단하기 위해 기병을 매복시켜 두었다.

서전을 승리로 장식한 황건적의 잔당들은 방심을 하였고,
심기일전한 조조의 군대가 매섭게 공격을 해오자 썰물처럼 밀
려나게 되었다.

기세가 오른 조조의 병사들은 급기야 적의 본진이 있는 곳
까지 밀어붙였다.

급격하게 전황이 불리해지자 하의와 하만이 작당을 하여
사령관 황소를 죽여 버렸다. 그 후 두 사람은 황소의 머리를
가지고 조조에게 투항을 해버렸다.

이후 조조는 하의, 하만을 앞세워 황건적들의 근거지 태산으로 진격하기에 이르렀다.

조조는 태산에 남아 있는 황건적들과 협상을 하여 그들을 자신의 세력으로 영입했다.

그 후 조조는 황건적 잔당들 중에 정예 병력을 선발해 '청주병'으로 불렀다. 정확한 것은 아니지만 이때 조조는 백성 수십만 호(戶)를 흡수하게 된다.

조조는 이를 기반으로 하여 이때부터 반동탁의 맹주로 기주에서 군림했던 원소에 대항할 여건을 마련하였다.

그렇게 황건적의 잔당 제2, 3군은 일진광풍에 휩싸인 모래처럼 사라지게 되었다.

                    *   *   *

그 무렵 관해가 이끄는 제1군.

관해의 제1군은 너무나 쉽게 창현을 점령했다.

관해는 창현을 점령한 후 변희에게 5만의 병력을 내어주며 청주성을 공격하게 했다. 또한 주창과 배원소를 부장으로 임명하여 변희를 보좌하도록 하였다.

그렇게 변희에게 청주성을 공격하도록 지시를 내린 관해는 곧바로 북해로 향했다.

청주성으로 향하던 변희는 보산(保山) 인근에 도달하였다.

휘이잉!

휘이이잉!

협곡을 가로지르는 바람 소리가 너무나 을씨년스럽게 느껴졌다.

모골을 섬뜩하게 만드는 그 소리에 변희는 긴장된 표정으로 깎아지른 협곡의 절벽을 올려다보았다.

'매복하기에 최적의 장소가 아닌가……'

변희는 하늘 높이 솟아 있는 협곡을 지나가려고 하니 매복이 걱정되었다. 만약 적병이 매복을 하여 기습이라도 했다면 엄청난 피해를 입을 것이란 생각이 자연스럽게 들었다.

하지만 이내 그런 걱정을 애써 털어버렸다.

'청주성에서 우리가 가고 있다는 것을 알 리가 없지.'

그는 그렇게 생각하며 불안감을 털어내더니 천천히 협곡으로 진입했다.

그러나 변희가 모르고 있는 것이 있었다.

협곡의 절벽에는 수많은 병사들이 매복한 상태였다.

절벽에는 수현에게서 청주성을 사수하라는 임무를 부여받은 태사자가 보였다. 또한 제남성을 빠져나온 장합이 병사들을 이끌고 매복한 상태였다.

태사자는 협곡의 출구에서 기다리고 있었고, 장합은 입구에서 줄지어 이동하는 변희의 병력을 내려다보고 있었다.

시간이 지나 변희의 선두 병력이 협곡의 출구에 도달했을 때였다.

"공격하라!"

태사자의 외침에 병사들이 일제히 화살을 쏘아대기 시작하였고, 다른 병사들은 돌과 통나무를 던지며 황건적 잔당들을 공격하기 시작하였다.

그런 와중에 명궁으로 유명한 태사자가 자리에서 벌떡 일어나 혼란에 빠져 우왕좌왕하는 적진을 향해 시위를 당겼다.

활에는 이글거리는 불화살이 걸려 있었다. 그는 잠시 호흡을 멈추더니 가볍게 시위를 놓았다.

퉁!

시위를 떠난 불화살이 빛살처럼 날아가더니 협곡 출구 앞 기름을 뿌려둔 곳에 정확히 떨어졌다.

그러자 거대한 불길이 일시에 타오르기 시작하면서 협곡의 출구를 막아버렸다.

제4장
2차 황건(黃巾)의 난(亂), 연환지계(連環之計)

협곡 출구에서 거대한 불길과 함성이 터져 나왔다.

변희는 갑자기 엄청난 수의 화살이 비처럼 쏟아지는 것을 보게 되자 매복에 당했다는 것을 알게 되었다. 그러자 그는 앞뒤 가리지 않고 소리쳤다.

"후퇴하라!"

변희의 외침에 그의 부장 주창과 배원소가 악다구니에 받친 사람처럼 병사들에게 괴성을 질렀다.

"후퇴하라!"

"모두 후퇴하라!"

그들의 외침이 아니더라도 황건적 잔당들은 앞에서 솟구쳐 오르는 불길과 비명 소리를 듣고 도망치는 것에 정신이 없을 정도였다.

변희의 수하들은 들어왔던 협곡 입구로 돌아가려고 하였다.

하지만 무려 5만에 이르는 대병력이 협곡으로 들어가는 중에 매복, 기습 공격을 받았다. 그러다 보니 변희의 명령은 제대로 전해지지가 않았고, 황건적 잔당들은 그저 살길을 찾아 이리저리 몰려다니는 것이 전부였다.

한편, 장합은 절벽 위에서 황건적의 잔당들이 혼란에 빠지는 광경을 지켜보고 있었다.

장합을 비롯한 병사들은 굳은 표정이었지만 눈빛만큼은 날카롭게 빛나고 있었다.

협곡을 빠져나가려는 황건적 잔당들이 서로 뒤엉켜 극도로 혼란해지자 장합은 벌떡 일어나 소리쳤다.

"발사!"

장합이 이끄는 병사들은 일제히 화살을 쏘아대기 시작하였다.

워낙에 많은 적병들이 좁은 입구를 빠져나가기 위해 몰려 있어 딱히 조준할 필요도 없었고, 병사들은 마치 기계적인 움직임으로 화살을 쏘아댈 뿐이었다.

그렇게 한참 동안 맹렬하게 화살을 쏘아대던 중에 장합이 다시금 소리를 쳤다.

"돌격하라!"

우와아아!

우와아아!

장합의 명령이 떨어지자 병사들은 바닥에 두었던 병기를 들고 협곡 옆에 있는 비탈길을 따라 우르르 내려갔다.

궁수들의 지원을 받으면서 장합이 병사들과 함께 절벽에서 내려왔다.

그때부터 장합의 병사들은 눈에 보이는 황건적 잔당들을 도륙하기 시작하였다.

특히 장합의 활약은 말로 표현하기가 부족할 정도로 빼어났다.

그는 종횡무진 움직이며 황건적 잔당들을 죽였고, 몇몇이 그런 장합에 대항을 해보았지만 부질없는 짓에 불과했다.

더구나 협곡의 출구를 지키고 있던 태사자가 병사들을 이끌고 가세하자 전황은 급격하게 한쪽으로 기울게 되었다. 그때부터 협곡 안은 황건적 잔당들이 내지르는 비명 소리, 병장기가 부딪치는 소리로 가득했다.

"이랴!"

협곡에서 그리 멀지 않은 곳에서 마치 꽁지에 불이 붙은 쥐

새끼처럼 도망치고 있는 일단의 무리가 보였다.

변희는 달리는 말에 연신 채찍을 가했고, 그를 따라서 주창, 배원소가 뒤도 돌아보지 않고 말을 몰아 도망쳤다.

그들은 얼마나 시간이 흘렀는지 알지도 못했고, 죽기 살기로 도망친 끝에 간신히 창현에 도착해서야 안도했다.

그제야 변희가 달리던 말을 멈추게 하더니 뒤를 돌아보았다.

"저, 저……."

변희는 자신을 따르는 병사라고 해봐야 고작 수십의 기병이 전부이자 말을 잇지 못하고 침통한 표정으로 변해갔다.

"크흑! 형제들이……."

주창은 비통한 심정으로 말을 잇지 못한 채 고개를 떨어뜨리고 말았고, 배원소 또한 같은 심정이기에 입술을 질끈 깨물며 분함을 참아냈다.

"저, 전멸이구나… 오만에 달하던 병력이……."

변희의 말대로 전멸에 가까운 참패였다.

그들은 어깨를 늘어뜨리고, 패잔병의 모습으로 창현으로 들어섰다.

변희가 겨우 살아남은 병사들과 함께 관청에 도착하자 또 다른 비보가 전해졌다.

기주로 향했던 제2군의 도망병들을 만났는데, 군을 이끌었던 유벽이 고당현령 유비에게 사로잡혔다고 전해온 것이다.

하지만 이는 사실과 달랐다.

유비에게 패한 유벽은 간신히 인근에 있는 야산으로 도망쳤다.

그런데 유비가 황건적 잔당들의 사기를 떨어뜨리기 위해 유벽이 포로가 되었다는 거짓말을 하였고, 그 때문에 황건적 잔당들은 저항을 포기하고 유비에게 항복했다.

그런 내막을 알지 못하는 변희는 도망병들의 말을 그대로 믿고 말았다.

그는 이대로 태산의 근거지로 돌아가 봐야 아무것도 할 수 없다고 판단을 내렸다. 그에 주창, 배원소와 함께 심각하게 향후의 일을 의논했다.

"모두 내 말을 잘 듣게. 유벽이 포로가 되었고, 병사들도 항복을 했다고 하니 태산으로 가본들 희망이 없네."

"그게 무슨 말이오, 총두령께서 건재하신데!"

"연주로 갔던 황소도 있지 않소?"

주창이 그처럼 반문을 하자, 변희의 눈썹이 꿈틀거렸다.

변희는 그나마 머리를 굴릴 줄 아는 자라고 보았던 유벽이 패한 상황에서 그보다도 못한 황소가 조조를 이길 리 없다고 보았다.

또한 변희는 이제 굶주림에 허덕이면서 태평도(太平道)의 교리를 따르는 것에 미련이 없었다.

하지만 주창과 배원소에게 대놓고 그런 생각을 드러낼 수가 없었다.

"그럼 본산에 가서 향후의 일들을 결정하지."

"그럽시다."

"나도 그게 좋겠소."

주창과 배원소가 그렇게 말하자 변희는 마지못해 태산의 근거지로 향했다.

호기롭게 태산을 출발할 때와 달리 태산으로 돌아가는 여정은 몸과 마음을 힘들게 만들었다.

며칠 후 그들은 지친 몸을 이끌고 태산에 도착하였지만, 이미 조조가 태산에 있는 황건적을 평정한 뒤였다.

그들의 근거지는 마치 귀신이라도 나올 것처럼 음산하기만 하였다.

세 명의 두령들은 조조에게 귀순하지 않고 남아 있었던 소수의 황건적들을 통해 내막을 알게 되었다.

태산에 도착한 그날 밤.

주창과 배원소는 변희의 부름을 받고 작은 초막으로 들어섰다.

그들을 잠시 살피던 변희가 먼저 배원소를 바라보며 물었다.

"배 두령은 이제 어찌할 생각이시오?"

"아직 결정한 것이 없소이다."

"그럼 주 두령은?"

"나 역시 선뜻 결정하기가 쉽지 않소. 그 많은 병력을 잃었으니 총두령이 우리 모두를 죽이려 들겠지."

주창이 심각한 표정으로 그처럼 말하자, 잠시 눈치를 살피던 변희가 입을 열었다.

"총두령이 돌아온 후에 죽을 목숨이라면 차라리 살길을 찾아야 하지 않겠소?"

"어떻게 말이오?"

"각자 살길을 찾아 이곳을 뜨자는 것이오. 솔직히 말해 나는 이미 교리 따위는 잊고 산 지가 오래요."

"하기는 우리가 언제 교리 때문에 여기에 머물러 있었던가. 나는 떠날 것인데 주 두령은 어찌할 생각이시오?"

"배 두령의 생각이 그러하다면 나 또한 따르리다. 그럼 변 두령은 어찌할 생각이시오?"

"내 친우 중에 조조 휘하에서 관리로 지내는 이가 있으니 그에게 부탁하여 미관말직이라도 얻어보려고 하오."

변희가 그처럼 말하자 주창과 배원소는 말이 없었다.

이럴 때 글을 알고 있는 변희가 부러운 것은 사실이었다.

"내 그대들에게 조언을 하고 싶은데 들어보시겠소?"

"말해보시오."

"남은 병력을 이끌고 적당한 산으로 들어가서 지내시오. 어차피 저들도 갈 곳이 없는 형편이니 두 사람을 순순히 따를 것이오."

"그럽시다, 주 두령은?"

"그래야겠지."

그렇게 결정이 났고, 세 사람은 서로 각자의 길을 가기로 했다.

다음 날, 이른 아침.

말을 탄 변희는 간단히 작별 인사를 하고는 미련 없이 태산을 내려갔다.

변희는 이미 조조에게 귀순할 생각을 하고 있었기에 오히려 홀가분한 마음으로 길을 나섰다.

주창과 배원소는 남아 있는 부하 수십여 명과 함께 태산을 떠나게 되었다.

원래의 역사대로라면 주창과 배원소는 와우산을 지나가는 관우를 만나게 된다.

그때 주창은 관우를 따라 종군을 하였다.

그러다 건안(建安) 24년(219년) 관우가 동오군에게 붙잡혀 참수를 당했다는 소식을 접하자 자결한다.

　　　　　＊　　　　＊　　　　＊

　한편, 그 무렵 북해 항구 인근에 위치한 도창현(縣).

　도창현에 도착한 흠차관 진수현은 즉시 황건적 잔당들을 맞이해 싸울 준비에 들어갔다.

　먼저 외성에 거주하고 있는 백성들을 모두 성안으로 들어오도록 하였다.

　그런 후에 도창성에서 사방 3리(里) 안에 존재하는 우물을 모두 사용하지 못하게 하라는 지시를 내렸다. 그런 지시에 병사들이 우물을 돌아다니며 독을 풀거나, 돌과 인분으로 메꾸어 버렸다.

　그렇게 황건적 잔당들이 식수로 사용할 수원지를 오염시킨 수현이었다. 또한 황건적 잔당들이 숙소로 사용할 수 없게 가옥들을 모조리 불태우거나 허물어 버렸다.

　수현은 그렇게 도창성의 외곽을 정리하는 한편 성의 방비에도 심혈을 기울였다. 도창성 주변에 해자를 깊이 파고, 바닥에 날카로운 목창을 빼곡히 설치하였다. 또한 성벽 주위에도 목창을 박아두어 황건적 잔당들이 쉽게 성벽에 오르지 못하도록 하였다.

　그렇게 수현이 한창 방어 준비를 하고 있을 무렵이었다.

　마침내 황건적 잔당들의 총두령 관해가 이끄는 제1군의 선발대가 도창현 인근에 나타났다.

선발대를 이끌던 공도는 눈앞에 펼쳐진 광경에 경악하고 말았다.

휘이잉!

휘잉!

공도는 당연히 있어야만 하는 보리가 흔적도 없이 사라진 것에 멍하니 앞을 바라만 보았다.

지금이라면 한창 보리를 수확하는 철인데, 그의 눈앞에 펼쳐진 것은 추수가 끝난 황량한 밭이 전부였다.

공도는 수현이 보리를 수확하고 성안으로 옮겼다는 사실을 알지 못했다.

그는 도저히 자신이 판단할 일이 아니란 생각이 들자 소리쳤다.

"전원 대기하라!"

공도의 외침에 황건적 잔당들은 더 이상 움직이지 않았다. 그들도 보는 눈이 있으니 무언가 잘못되었다고 여기고 있었다.

반 시진 정도 지나 관해가 이끄는 본대가 나타났고, 공도는 말을 몰아 후미로 내달렸다.

관해는 아내 천홍과 함께 나란히 말을 몰아가다 빠르게 다가오는 공도가 보이자 고삐를 잡아당겼다.

이내 공도가 다가오더니 상황을 설명하였다. 그런 말을 들은 관해가 놀라더니 반문했다.

"추수가 끝나 있다고?"

"예, 지금쯤이면 한창 추수를 해야 하는데 아무것도 남아 있지 않았습니다."

"이곳에 진을 친다. 공도 너는 정찰을 하여 어떻게 된 영문인지 빨리 파악해!"

"예!"

그렇게 지시가 떨어지자 본진은 근방에서 멈췄다.

관해의 지시를 받은 공도는 휘하의 정찰대를 이끌고 도창성이 있는 방향으로 이동하였다. 그런데 그들은 얼마 가지 않아 또다시 엄청난 광경을 보고야 말았다.

가옥들이 모조리 불태워졌거나 허물어져 있었다. 그리고 우물은 돌과 흙으로 메워져 있는 것으로도 부족하여 인분으로 더럽혀져 있는 것을 발견하게 되었다.

관해는 공도의 그런 보고를 받고 나자 이 모든 것이 흠차관이 꾸민 짓이란 것을 파악하게 되었다.

한편, 수현은 도창의 성벽에 올라 공도의 정찰대를 바라보았다.

그의 좌우에는 얼마 전에 군사로 임명된 유엽과 조운이 함게 지켜보고 있었다.

공도의 움직임을 잠시 지켜보던 유엽이 입을 열었다.

"마침내 관해가 도착하였군요."

"자양."

"예, 각하."

"자네의 계책이 들어맞는군."

"운이 좋았습니다."

유엽이 그렇게 겸양의 말을 하였지만, 수현은 이번에 그가 제시한 부저추신지계(釜底抽薪之計)가 성공한 것에 고무되었다.

군사 유엽은 수현에게 계책을 진언했다.

관해의 황건적 잔당들은 비록 오합지졸이라 할지라도 수적으로 위세가 대단하다. 그래서 강한 적을 만났을 땐 정면으로 공격하지 말고 가장 약한 곳을 찾아내 공략하라는 계책을 따르자고 하였다.

유엽의 계책은 적중하였고, 관해의 황건적 잔당들은 군을 양분하였다.

"자네의 계책대로 관해가 군을 나누었으니 한결 수월하겠군."

"그렇습니다."

"아! 이번에 만든다고 하였던 신무기는 완성되었는가?"

"예! 시험 발사를 마치고 저렇게 배치를 마쳤습니다. 놀랍게도 투석기의 성능이⋯⋯."

유엽은 이때 투석기를 개발하였다.

유엽이 만든 투석기는 수십 명의 인원이 굵은 밧줄을 일시에 잡아당기는 지렛대의 원리를 적용했다. 그런 덕분에 투석기는 50㎏의 바윗돌을 약 70m 이상 날릴 수가 있었다.

투석기의 성능을 설명하면서 유엽은 성벽 아래를 바라보았다. 그곳에는 모두 열 기의 투석기와 밧줄을 당길 수백의 병사들이 보였다.

성벽 아래에 있는 투석기를 잠시 바라보던 수현이 자신의 오른편에 있는 조운에게 물었다.

"자룡은 이제 준비를 해야 하지 않겠는가?"

"이미 모든 준비를 끝내고 형님의 명령만을 기다리고 있습니다. 언제든지 명령만 내려주시면 계책을 진행할 수 있습니다!"

"각하."

유엽의 부름에 수현은 몸을 돌려 그에게로 시선을 주며 물었다.

"할 말이 있는가?"

"각하께서도 아시다시피 수성에 필요한 준비는 이미 끝낸 상태입니다. 그런데 아직 결정이 나지 않은 것이 있습니까?"

"아! 이거 군사가 들으면 서운할 수도 있겠군."

"형님, 그 점은 제가 설명을 하겠습니다."

"그러는 것이 좋겠군. 동생이 설명을 하게."

수현은 사령봉으로 가볍게 손바닥을 때리며 지평선을 지긋이 바라보았다.

조운은 군사(軍師) 유엽에게 별도로 진행되고 있는 계획이 있다고 설명을 하였고, 그것을 제안한 사람이 수현이라고 알려주었다.

"그런 일이 있었다면 언질이라도 주시지 그러셨습니까."

"자네가 방비를 준비한다고 정신이 없어 보여서 그리하였네. 섭섭하였다면 내 사과를 하지."

"아, 아닙니다. 각하께서 하시는 일에 감히 어떻게 제가 토를 달겠습니까. 다만, 행여나 제가 모르는 일로 인해 실수를 할까 그것이 염려스러워서 그렇습니다. 전혀 서운한 것은 없습니다."

"그리 말을 해주니 고맙네."

유엽은 수현이 자신에게 이처럼 쉽게 사과를 해올 줄은 전혀 예상을 못 했다.

천자를 대신하는 흠차관이라는 엄청난 신분임에도 불구하고 선선히 자신의 잘못을 인정하니, 오히려 이런 말을 꺼낸 자신이 무안해졌다.

"그럼 제가 모르는 계획을 알 수 있겠는지요?"

"계획이라면, 관해를 어떻게 공략할 것인가를 말하는 것인가?"

"그렇습니다."

그러자 수현은 입가에 의미를 알 수 없는 조소를 만들었다. 그러면서 황량한 들판을 바라보며 입을 열었다.

"내가 세운 계획은……."

수현의 입에서 마침내 관해를 공략하기 위한 계책이 흘러나오기 시작했다.

유엽은 그의 설명을 경청하다 살며시 고개를 끄덕거리는 것으로 수긍을 해보였다.

이윽고 흠차관 진수현의 설명이 끝나자 입가에 환한 웃음꽃을 피우며 말하는 유엽이었다.

"각하의 계획대로만 된다면 적들은 밤낮을 가리지 않고 시달리게 될 것입니다. 어떻게 그런 계책을 생각하셨습니까?"

"단순하네. 적들은 먼 길을 왔고, 그러다 보니 쉬고 싶다는 생각이 간절할 것이네. 나는 그 점을 이용했을 뿐이네."

"아! 이제 보니 손자병법의 계책이군요."

유엽은 수현의 계책이 손자병법 승전계(勝戰計) 편에 나오는 이일대로(以逸待勞)의 계책이라며 감탄했다.

"군사, 이일대로의 계책이 무슨 뜻이오?"

"저도 우연히 손자병법을 읽은 것이 전부라 깊은 뜻은 알지를 못합니다. 제가 추측하기에 이일대로의 계책은 어떤 사안을 근원적으로 해결하고자 할 때 구사하는 계책일 겁니다. 적들은 먼 길을 왔으니 응당 쉬고 싶을 것이고, 각하께서 저들을 쉬지 못하게 만드는 계책을 세우셨으니 이일대로에 부합되지 않겠습니까?"

'허, 어떻게 그런 해석을 하냐. 그런다고 아니라고 말도 못하겠고.'

자신을 초롱초롱한 눈망울로 바라보는 유엽을 보자 수현은 차마 손자병법을 자세히 알지 못했다고 말할 수가 없었다.

"역시 형님이십니다! 구하기가 어렵다는 손자의 병법서를 언제 보셨습니까?"

"크흠, 그냥 조금 알고 있는 수준이네."

"아닙니다, 제가 볼 때 각하께서는 병법서를 읽은 것을 넘어 통달하신 것 같습니다!"

"군사의 말이 맞습니다. 앞으로 시간이 나면 형님께 배움을 청해야겠습니다."

'이것들이 아니라고 하면 적당히 물러나야지, 누구 밑천 드러낼 일이 있나!'

수현은 마치 두 사람이 작당을 하고 자신의 얼굴에 금칠을 하는 것만 같아서 무안할 정도였다.

그런 마음에 평야를 바라보면서 애써 두 사람을 무시하는데 유엽의 음성이 들려왔다.

"그럼 각하께서 세우신 그 작전은 여기 있는 자룡 공이 맡는 것입니까?"

"바로 보았네, 무엇보다도 자룡의 역할이 중요하네."

"맡겨만 주시면 반드시 완수해 내겠습니다!"

조운은 굳은 표정으로 결의를 다졌고, 수현은 그런 믿음직한 모습에 안심이 되었다. 그러면서 손에 들고 있는 사령봉을 힘껏 움켜잡았다.

다음 날, 이른 아침.

황건적 잔당들은 얼마 남지 않은 식량으로 배를 채운 후 곧바로 도창성 공략에 들어갔다.

"우와아아!"

"우와아아!"

황건적 잔당들이 도창성을 향해 괴성을 내질렀다.

15만의 대병력이 내지른 함성은 천지가 요동칠 것만 같은 엄청난 위세였다.

그런 기백에 도창성을 수비하는 병사들은 자신도 모르게 마른침을 꿀꺽 삼켰고, 몸을 움찔거리며 잔뜩 위축이 되었다.

황건적 잔당들은 무려 15만에 달하는 엄청난 인원이라는 것을 보여주려는 듯 천둥이 치는 것처럼 엄청난 투기를 발산하고 있었다. 그러면서 그들은 들고 있는 병장기에 잔뜩 힘을 주며 총두령 관해의 공격 명령이 떨어지기만을 기다렸다.

한편, 도창성의 누각에서 그런 황건적 잔당들을 바라보던 수현이 유엽에게 지시를 내렸다.

"투석기 발사!"

"예! 투석기를 발사하라!"

유엽이 누각의 후미에 있는 병사들을 향해 소리쳤고, 병사들은 이내 커다란 장대에 녹색의 삼각 깃발을 게양했다.

성벽 아래에서 누각의 장대만을 바라보고 있던 투석기 부대의 지휘관은 녹색 깃발이 보이자 뒤를 돌아보았다.

"발사 준비!"

부대 지휘관의 명령이 떨어지자 투석기 앞에 도열한 병사들이 일제히 굵은 밧줄을 붙잡았다.

"1대 발사 준비 완료!"

"2대 발사 준비 완료!"

투석기의 조장들이 일제히 발사 준비가 되었다고 크게 소리치자, 그 지휘관이 손에 들고 있던 작은 크기의 검정색 깃발을 크게 휘두르며 소리쳤다.

"발사!"

지휘관의 명령이 떨어지자 병사들이 일제히 굵은 밧줄을 힘차게 잡아당겼다.

덜컹!

슈웅!

덜컹!

슈웅!

병사들이 힘차게 밧줄을 잡아당기자 열 대의 투석기 끝에 매달려 있는 커다란 바윗돌이 요상한 소리를 내며 허공으로 날아갔다.

대기를 가르며 맹렬한 기세로 날아간 커다란 바윗돌은 운집한 황건적 잔당들이 있는 곳에 정확히 떨어졌다.

쿵!

"크아악!"

쿠궁!

"아악!"

황건적 잔당들의 총두령 관해는 성에서 엄청난 크기의 바윗돌이 날아와 자신의 부하들이 있는 곳에 떨어지자 황소 눈망울을 한 채로 멍하니 바라만 보았다.

유엽이 개발한 투석기를 관해나 그의 부하들이 언제 보았겠는가?

그들은 난생처음 보는 엄청난 무기에 마치 넋이 나가 버린 사람처럼 움직이지 못했다.

잠시 시간이 지나 정신을 차린 황건적의 잔당들은 바윗돌이 떨어진 곳을 살펴보더니 이내 고개를 돌리거나 눈을 질끈 감아버렸다.

워낙에 빈틈이 없을 정도로 빽빽하게 모여 있었던 탓에 피하고 싶어도 그럴 수가 없었다. 그러다 보니 바윗돌이 떨어진 곳에는 압사당한 시체들의 끔찍한 광경이 펼쳐져 있었다.

황건적 잔당들이 공황 상태에 빠져 어찌할 바를 모르고 있는 사이에 또다시 커다란 바윗돌이 날아오는 소리가 들려왔다.

슈웅!

쿵!

슈웅!

쿵… 쿵!

황건적 잔당들은 날아온 바윗돌에 깔려 또다시 육포가 되어버렸다.

형체를 알아볼 수 없을 정도로 처참하게 죽은 동료들의 사체를 보자 황건적 잔당들은 순식간에 엄청난 공포에 휩싸이고 말았다.

관해는 이대로 있다가는 싸워보기도 전에 사기가 떨어질 것을 염려하여 총공격 명령을 내렸다.

뿌우우우!

뿌우우!

갑자기 황건적 잔당들이 있는 곳에서 물소 뿔로 만든 각적(角笛)이 길게 울음을 토해냈다.

그 소리에 황건적 잔당들은 엄청난 함성을 내지르면서 일제히 도창성을 향해 내달렸다.

그들은 조금 전에 보았던 처참한 광경의 공포를 떨쳐내려는 듯 목청이 터져 나가라 괴성을 내질렀다.

슈웅!

슝… 슈웅!

또다시 도창성 벽 아래에 있던 10기의 투석기들이 일제히 발사되는 소리가 울려 퍼졌다.

그런데 이번에 투석기에서 쏘아진 것은 처음과는 달랐다.

처음에는 바윗돌을 날려 보냈지만, 두 번째로 쏘아진 것은 불이 붙은 기름 항아리였다.

시커먼 연기를 허공에 그리며 날아간 기름 항아리는 이내 황건적 잔당들의 머리 위로 떨어졌다.

펑!

퍼벙!

펑……!

성을 향해 달려가던 황건적 잔당들은 시커먼 연기를 내뿜는 불덩이가 날아와 지면과 충돌하는 것을 보았다. 그런데 항아리가 터지면서 엄청난 불기둥이 생겨나더니 주변에 있는 동료들에게 불이 옮겨 붙는 것을 보고는 피하기에 급급했다.

"으아악!"

"살려줘!"

불이 붙은 황건적 잔당들이 비명을 내지르면서 이리저리 뛰어다닐 때였다.

또다시 성안에서 시커먼 연기를 뿜어대는 기름 항아리가 날아왔다.

이제 그들은 누가 지시를 내리지 않아도 허공을 날아오는 항아리를 피하기 위해 성으로 죽어라 하고 내달릴 수밖에 없었다. 그러면서도 그들은 행여나 자신에게 기름이 튀지나 않을까 두려워해야만 했다.

지금껏 이런 것을 겪은 적이 없었던 황건적 잔당들이었으니 그 정신적 충격은 엄청난 것이었다. 그렇게 불길을 피해 성벽으로 내달리는 황건적 잔당들이었다.

한편, 수현은 도창성의 누각에서 그런 모습을 지켜보다 사령봉을 힘차게 휘두르며 소리쳤다.

"궁수 준비!"

수현의 명령은 대기하고 있었던 신호수들에게 전해졌고, 그들은 재빨리 기다란 장대에 푸른색의 깃발을 게양했다.

그러자 성벽에서 대기하고 있던 궁수들이 자리에서 일어나더니 허공을 향해 힘껏 시위를 당겼다.

"발사!"

궁수들은 수현의 명령에 일제히 시위를 놓았고, 시커먼 화살들이 허공으로 솟구쳤다.

화살들은 포물선을 그리며 날아가다 변곡점에 도달하자 일제히 하강하였고, 중력 가속도가 붙은 채 성벽으로 달려오는 황건적 잔당들의 머리 위를 덮쳤다.

픽!

퍼벅!

"컥!"

"으악!"

"큭!"

정신없이 앞만 보고 내달렸던 황건적 잔당들의 머리 위로 엄청난 수의 화살이 떨어지며 박혔다.

제대로 된 방어구 하나 없었던 그들은 하늘을 새카맣게 뒤덮은 화살 비에 고스란히 노출되어 짧은 비명을 끝으로 힘없이 쓰러져 갔다. 그럼에도 황건적 잔당들은 멈추지 않았다. 그들은 화살 공격을 피하기 위해 더욱 힘차게 내달려야만 했다.

수현은 성벽으로 달려오는 그들을 잠시 지켜보다 유엽을 바라보며 입을 열었다.

"홍기!"

"예! 홍기를 게양하라!"

신호수들에게 공성전을 준비하라는 뜻이 담긴 붉은색 깃발을 장대에 게양토록 하였다.

붉은색 깃발이 바람에 펄럭거리자 병사들을 지휘하는 졸백들이 우렁차게 외쳤다.

"근접전에 대비하라!

"칼과 극을 들어라!"

병사들은 졸백의 외침에 바닥에 두었던 환수대도와 극을 집어 들며 공성전을 준비했다.

그러는 동안에도 궁수들은 쉼 없이 화살을 쏘아댔다.

또한 성안 백성들은 분주히 오가며 병사들을 지원했다. 황건적 잔당들과 싸울 수 없는 여인네들은 가옥을 허물어 마련한 돌들을 성벽 위로 옮기는 것으로 병사들을 도왔다.

그렇게 얼마간의 시간이 흐르자 황건적 잔당들이 마침내 성벽 아래에 도달하였다.

그들은 대나무로 만든 사다리를 이용해 성벽을 오르려 하였고, 성문에는 조잡하게 만든 충차를 동원하였다.

황건적 잔당들의 총두령 관해는 단번에 도창성을 점령할 심산으로 총공격을 명령한 상태였다.

그가 이처럼 무리하게 도창성으로 들이치는 이유는 단순했다.

지금 황건적 잔당들에게 가장 중요하고, 필요한 것은 바로 식량이었다.

관해는 며칠만 지나면 그나마 남아 있는 식량마저도 바닥을 드러낼 것이란 사실을 알고 있었고, 그런 이유로 이처럼 무모한 결정을 내릴 수밖에 없었다.

새카만 개미 떼처럼 성벽으로 몰려오는 황건적 잔당들이었고 도창현의 군, 민은 치열하게 그들을 막아내는 중이었다.

성벽에 세워진 망루에서는 끊임없이 화살을 쏘아댔고, 황건적 잔당들은 마치 광신도처럼 아무리 죽여도 꾸역꾸역 대나무 사다리에 오르려고 하였다.

그렇게 시간이 흘러가자 전황은 점점 도창성의 수비 병력에게 불리헌 쪽으로 전개되어 갔다.

도창현의 군, 민들이 처절할 정도로 사투를 벌였지만 끝내 황건적 잔당들은 성벽에 올랐다. 그러자 그때부터 곳곳에서 치열한 교전이 발생했다.

막으려고 하는 자와 죽이려고 하는 자들의 눈은 섬뜩한 광기로 물들어 갔다.

서걱!

"컥!"

수현은 후한 시대 고위 장수들이 입는 갑옷인 명광개를 착용하고, 묵빛 철제 투구를 쓰고 있었다.

그는 성벽을 오른 황건적 잔당을 애검 청운검으로 단칼에 죽여 버리더니 황급히 주변을 둘러보았다.

황건적 잔당들 사이에서 창을 들고 한 마리 범처럼 종횡무
진 휩쓸고 다니는 의제 조운이 눈에 들어왔다. 무예가 뛰어난
조운인지라 안심이 되는 수현이었다.

그러자 이번에는 주변을 둘러보며 군사 유엽을 찾았다.

유엽 또한 성벽을 오르는 황건적 잔당들을 처리하는 것을
보게 된 수현이 황급히 그에게 다가갔다.

서걱!

"컥!"

서걱!

"유 군사!"

수현은 황건적 잔당들을 죽여가며 유엽에게 다가가더니 크
게 소리쳤다.

그런 외침에 수현을 발견한 유엽이 재빨리 다가가더니 주변
을 둘러보며 말했다.

"죽여도 끝이 없습니다."

"조금만 더 버티면 될 것이네. 저들도 오늘은 우리가 어떻게
대응하는지를 알아보기 위한 탐색전으로 생각할 것이네."

"예!"

큰 소리로 강단 있게 답한 유엽은 핏물이 뚝뚝 떨어지는 철
검을 든 채로 주변을 경계했다.

유엽이 군사라고는 하지만 어려서부터 사냥을 통해 호연지

기를 쌓았다. 그러니 그의 나이 열셋에 모친의 유언을 받들어 부친이 총애하던 시비를 죽일 정도로 강단이 있었다.

그다지 유엽이 위험해 보이지 않자, 수현은 꾸역꾸역 성벽을 올라오는 황건적의 잔당들을 가차 없이 죽여 나아갔다.

얼마나 시간이 흘렀는지는 모르지만 갑자기 징 소리가 들려왔다.

징!

징… 징!

요란하게 징 소리가 전장에 울리자 황건적 잔당들 사이에서 후퇴하라는 외침이 들려왔다.

그러자 끝내 성을 함락하지 못한 황건적 잔당들이 물러가기 시작했다.

"우와아아아!"

"우와아아!"

"이겼다!"

도창현의 군, 민들은 물러나는 황건적 잔당들을 향해 승리의 함성을 내지르며 기뻐했다.

피비린내가 진동하는 서전이 끝나자 관해는 지친 수하들을 쉬게 하였다.

이미 해가 저물어 가고 있는 상황이라 관해는 내일 날이 밝으면 다시 전투를 재개할 생각이었다.

그날, 어둠이 서서히 내려앉는 시각.

수현은 성벽에서 황건적 잔당들의 진영을 바라보았다.

저들의 진영 곳곳에 피워져 있는 모닥불이 보였고, 간간이 무리를 지어 움직이고 있는 경계병들이 눈에 들어왔다.

그는 잠시 그런 광경을 지켜보다가 옆에 있는 유엽과 조운을 바라보았다.

"자룡은 준비되었는가?"

"맡겨만 주시면 반드시 처리하고 돌아오겠습니다!"

"피곤할 것이지만 부탁하네."

"하하하, 겨우 몸 풀기에 불과했습니다!"

"군사! 시작하게!"

"예!"

수현의 지시가 떨어지자 유엽이 성벽 아래서 대기하고 있는 고수(鼓手)들에게 소리쳤다.

"북을 쳐라!"

군사 유엽의 지시가 떨어지자 건장한 체구의 사내 여섯이 커다란 북채로 힘차게 북을 내려치기 시작했다.

둥!

둥둥!

도창성에서 공격을 알리는 북소리가 요란하게 울려 퍼졌다.

그 소리는 당연히 관해가 이끄는 본진의 병사들도 듣게 되었다. 그들은 북소리가 적의 공격이라고 생각하고는 황급히 병기를 들고 전투준비에 들어갔다.

둥, 둥!

둥… 둥!

밤하늘에 울려 퍼지는 북소리에 황건적 잔당들은 잔뜩 긴장하는 모습이 역력했다.

조금 전까지 치열한 교전을 치른 상태라 극도로 피곤한 그들이었지만, 그런다고 해서 적의 공격에 대비를 하지 않을 수가 없었다.

그런데 긴장한 상태로 적이 나타나기만을 기다리던 그들은 점점 이상하다는 것을 알게 되었다.

황건적 잔당들은 아무런 변화가 생기지 않자 동료들을 바라보며 웅성거렸다.

"뭐야?"

"왜 저래?"

"저놈들 미친 거야?"

적은 보이지도 않고, 요란한 북소리만 들려왔다.

황건적 잔당들이 어떻게 된 영문인지를 모르고 있을 그때였다.

마치 언제 그랬냐는 듯이 요란스럽게 들려왔던 북소리가 뚝

하니 멈춰 버렸다. 그제야 황건적 잔당들은 자신들이 속았다는 것을 깨닫게 되었다.

"저것들이!"

"뭐야, 지금 우리를 간 보는 거야!"

그들의 입에서 질퍽한 육두문자들이 폭풍처럼 터져 나왔다. 너무나 힘들었던 하루였기에 쉬고 싶었던 그들이었다. 그런데 제대로 당했다는 사실에 감정이 격앙되었다.

"야, 다들 돌아가서 쉬어라."

"젠장! 이게 뭔 짓이야!"

"야! 그래도 놈들이 오지 않으니 다행이지. 난 또다시 싸우라고 하면 죽을 것만 같다."

"다들 자라!"

황건적 잔당들은 아무런 일도 없자 자신들의 자리로 돌아가더니 차디찬 바닥에 지친 몸을 눕혔다.

한편, 수현은 그런 황건적 잔당들의 움직임을 지켜보다가 피식 웃고 말았다.

"훗! 제대로 통하는군."

"각하, 저런 식으로 적들의 방심을 유도하시는 겁니까?"

유엽의 물음에 수현은 그를 바라보며 웃으면서 답을 해주었다.

"고수들에게 반 시진마다 북을 치라고 하게, 한동안은 제대로 쉬지도 못하고 방비를 할 것이네."

"무슨 말씀이신지 알겠습니다. 북소리만 계속 들려주면 저들은 제대로 쉬지를 못할 것이고, 적들이 방심하고 대비를 하지 않을 때 기마대로 기습을 하는 것이군요."

"제대로 파악하였네. 자룡, 계획대로 했다면 성과가 있겠는가?"

"물론입니다, 제대로 쉬지도 못한 적들이라면 큰 성과를 낼수 있을 것 같습니다."

"언제 공격에 나설지 모르니 병사들에게 솜으로 귀를 틀어막고 잠을 자라고 하게. 우리까지 덩달아 피곤해질 필요는 없지."

"알겠습니다, 그렇게 조치하겠습니다."

그런 지시를 내린 수현은 지친 몸을 이끌고 성벽을 내려갔다.

그러고는 도창현의 관청에서 휴식을 취하다가 그만 깜빡 잠이 든 수현이었다. 그가 잠든 사이에 몇 번의 북소리가 울려 퍼졌지만, 몸과 마음이 지친 수현은 세상모르고 깊은 잠에 빠져 있었다.

그렇게 한창 잠들어 있던 중 누군가 자신의 팔을 살며시 흔들자 수현은 게슴츠레 눈을 떴다.

그는 조운이 보이자 전황부터 물었다.

"적진에 변화가 있는가?"

"예, 더 이상 방비하는 움직임이 없습니다."

"잘되었군."

"각하."

유엽이 관청으로 들어오는 것이 보였다. 수현은 유엽에게 현재 시각을 물었고, 이에 그는 삼경(三更: 밤 11시부터 다음 날 새벽 1시까지의 시간) 무렵이라고 알려주었다.

그러자 수현은 몸을 일으키더니 조운에게 지시를 내렸다.

"자룡은 계획대로 말들이 소리내지 못하게 재갈을 채운 후 야습을 하게."

"예, 형님!"

수현의 지시를 받은 조운은 곧바로 마구간으로 향했다.

도창의 성내에 있는 마구간에는 수현이 북해성에서 이끌고 왔던 삼백의 기병이 있었고, 도창현의 자체 기병 이백이 있었다.

그들은 비록 지친 몸이지만 조운의 지시에 따라 말의 입에 재갈을 채웠다.

그러더니 모두들 은밀하게 성문을 빠져나갔다.

신속하면서도 은밀하게 도창성을 빠져나온 조운과 그를 따르는 5백의 기병대였다.

조운은 성문을 감시해야 하는 황건적 잔당들이 보이지 않자 비웃음을 터뜨렸다.

"하! 어리석은 놈들……"

그러면서 조운은 정면을 향해 가볍게 손짓을 하더니 말을 몰아갔다. 그러자 그 뒤를 5백의 기병대가 천천히 움직였다.

은은하게 빛나는 달빛을 길잡이 삼아 황건적 잔당들의 진영으로 향하는 조운이었다. 그들이 움직이는 동안 그 어디에서도 황건적 잔당들은 보이지 않았다.

'역시 형님의 계책이 통하는구나!'

조운은 의형인 수현의 계책이 이렇게까지 통할 것이라고는 예상하지 못했었다.

그저 적진을 잠시 유린하고 성으로 돌아가도 운이 좋은 것이라고 생각했었다. 그런데 이건 마치 달밤에 산책을 나온 것처럼 너무나 고요하기만 하였다.

그러나 조운이 황건적 잔당들의 내부 사정을 알았다면 이런 현상을 당연하게 받아들일 터였다.

관해가 이끄는 황건적 잔당들은 태산을 떠나 산동반도 끝자락에 있는 도창현까지 장거리 이동을 했다.

물론 창현을 점령하고 충분히 휴식을 가졌던 그들이었다.

하지만 창현을 떠나 이곳 도창현까지 오는 동안 제대로 쉬지 못했다. 더구나 식량 사정이 열악하다 보니 하루에 지급되는 양식이라고 해봐야 보잘것없는 주먹밥 두 덩이가 전부였다.

배고픔을 참아가며 먼 길을 왔고, 도창현에 도착하여 하루를 쉬었다.

그러나 채 피로가 풀리지 않은 상태에서 다음 날 격렬한 전투를 치른 상태였다.

단순한 여행이어도 지치고 힘든 여정인데, 여독이 풀리지도 않은 상태에서 생사를 오가는 치열한 전투를 치른 그들이었다. 그러니 몸과 마음은 이미 지칠 대로 지쳐 있는 상태였다.

해가 저물고 전투가 소강상태에 빠지면 내일을 위해 쉬어주어야만 했다.

그런데 수현의 계책으로 인해 도창의 병사들이 마치 야간 공격을 할 것처럼 요란을 떨어댔다.

그러니 황건적 잔당들은 놀라서 피곤에 찌든 몸으로 대응을 해야만 했다. 그런데 아무리 기다려도 별다른 일이 생기지가 않았다. 그런 것이 몇 번 반복되자 황건적 잔당들은 정말이지 미칠 지경이었다.

애써 무시하고 쉬려고 해도 혹시나 이번에는 놈들이 오지나 않을까 하는 불안감에 마음 편히 쉴 수가 없었다. 그렇게 밤새 시달리다가 새벽녘이 되자 황건적 잔당들은 더 이상 버티지 못하고 자포자기해 버리며 곯아떨어진 상태였다.

조운은 아무렇게나 모닥불을 피우고 잠들어 있는 황건적 무리들이 보이자 창을 치켜 들었다.

"돌격!"

조운이 낮게 외치더니 말을 몰아 앞으로 나아갔다.

그러자 그의 뒤를 5백의 기마대가 말을 몰아갔고, 점점 가속도가 붙더니 잠들어 있는 황건적 잔당들을 향해 내달렸다.

두두두두!

두두두!

지축이 흔들릴 것만 같은 소리가 들렸지만, 깊이 잠든 황건적 잔당들은 잠에서 깨어날 줄을 몰랐다.

픽!

픽!

조운의 기마대는 보급받은 등자 덕분에 기다란 장대에 연결된 참마도를 손쉽게 휘두르며 적진을 돌파했다. 적을 굳이 살상할 필요가 없다고 지시를 내린 수현이었고, 그런 지시에 따라 그들은 무차별적으로 참마도를 휘둘렀다.

곳곳에서 비명이 터져 나오자 그제야 잠에서 깬 황건적 잔당들이었지만, 잠에 취해 몽롱한 상태에서 조운의 기마대를 상대할 수는 없었다.

그렇게 적진을 내달리며 무참하게 황건적 잔당들을 유린한 조운의 기마대는 유유히 도창성으로 돌아갔다.

제5장
진수현, 세상에 이름을 알리다

　다음 날, 이른 아침.

　황건적 잔당들의 진영 중앙에 있는 커다란 막사.

　어디서 구했는지는 모르지만 막사는 낡고, 지저분하였다. 또한 곳곳에 천과 가죽을 덧대어 마치 거지들이 지내는 움막을 방불케 하였다. 막사 안은 특별한 장식품 하나 없었고, 단지 밤이슬이나 막아낼 수 있을 정도의 초라한 상태였다.

　그런 막사의 중앙에는 총두령 관해가 아내 천홍과 함께 깊은 잠에 빠져 있었다.

　관해는 밤새 도창성에서 들려오는 북소리에 시달리다가 새벽녘에야 겨우 잠이 든 상태였다.

그런데 세상모르고 깊은 잠에 취해 있던 관해는 무언가 이상한 소리가 들려오자 짜증이 났다.

"쯧! 저것들이!"

그는 막사 밖에서 웅성거리는 소리가 들려오자 잔뜩 인상을 쓰며 눈을 떴다.

"총두령님! 공도입니다!"

"들어가시면 안 됩니다! 아직 일어나시지 않았습니다."

"급박한 일이라고 몇 번이나 말해야 하나! 아무리 경비병이라지만 융통성이 그리 없어서야 되겠나!"

"그래도 못 들어가십니다!"

"어허! 당장 비키지 못할까!"

관해는 막사 밖에서 들려오는 음성의 주인공이 공도란 것을 알게 되자 피곤한 몸을 일으켰다.

그러자 관해의 움직임 때문에 잠에서 깨어난 천홍이 물었다.

"무슨 일이에요?"

"나도 모르겠소."

천홍은 잠에 취해 말하는 것조차 귀찮은지 눈을 감아버렸다.

관해는 겨우 몸을 일으킨 후 막사 휘장이 있는 곳으로 걸어가 고개를 불쑥 내밀며 공도를 바라보았다.

"무슨 일인데 이리 소란스러운가?"

"총두령님, 큰일 났습니다! 간밤에 선발대가 당했습니다!"

"뭐! 그게 무슨 소리야!"

"새벽녘에 일단의 기마대가 나타났다고 합니다. 그놈들에게 선발대가 당했습니다!"

"앞장서라! 어서 가자!"

그러자 공도가 피해 지역으로 관해를 안내했다.

관해는 서둘러 걸음을 옮긴 끝에, 간밤에 조운에게 당한 선발대가 있는 곳에 도착하였다.

그런데 도저히 눈 뜨고 보기 힘들 정도로 처참한 광경이 펼쳐져 있었다. 화살에 맞은 자들과 참마도에 당한 부상병들이 차디찬 바닥에 드러누운 채로 신음을 내뱉고 있었다.

간밤의 기습으로 죽은 자들은 겨우 20여 명에 불과했다. 그런데 부상자들은 무려 3백에 육박하였다.

관해는 그런 광경을 잠시 지켜보다가 입술을 질끈 깨물고 막사로 돌아갔다.

그러자 공도가 황급히 그를 뒤따라가며 물었다.

"총두령님, 부상자들을 어찌합니까?"

"생각을 해보자."

"총두령님!"

"어허! 생각을 해본다고 하였지 않느냐! 그만 가보거라!"

그러면서 관해는 도망치듯이 성큼성큼 걸어갔다.

그런 관해의 등을 바라보는 공도의 눈빛이 섬뜩하게 변해갔다.

'빌어먹을 새끼, 또 부상자들을 죽이라고 하겠지!'

공도는 부상자들이 생길 때면 어김없이 그들을 죽이라고 하였던 관해가 떠올랐다.

관해는 부상자들을 밥이나 축내는 버러지보다 못하게 여겼다. 그러다 보니 공도는 관해가 못마땅했다.

하지만 공도는 분하기는 하여도 자신이 어떻게 할 수 없다는 자괴감을 느끼며 발길을 돌려야만 했다.

한편, 관해는 굳은 표정으로 막사로 들어섰다.

천흥은 남편이 막사로 들어오는 것을 보자 자리에서 일어나며 물었다.

"무슨 일이에요?"

"간밤에 기습에 당했소."

"예?! 피해가 얼마나 되나요?"

관해가 자신의 잠자리로 가서 앉더니 굳은 표정으로 피해 상황을 알려주었다.

천흥은 수십의 사망자가 발생했고, 무려 3백이 넘는 부상자들이 생겼다는 말에 놀라고 말았다.

"설마 저들도 죽이라고 하실 건가요?"

"식량이 부족하니 달리 방도가 없지 않소."

남편 관해의 말에 그녀는 굳은 표정만 내보였다.

부상자들을 죽인 것은 이번 전투만이 아니었다.

지금까지 숱한 전투가 있었고, 그때마다 발생하였던 부상자들은 동료들에 의해 죽임을 당해야만 했다. 고질적인 식량 부족에 시달리던 황건적 잔당들은 그런 관해의 지시에 따를 수밖에 없었다.

천흥도 그런 사정을 알기에 반대를 할 수가 없었다.

'다른 곳은 사람 고기도 먹는다고 하던데, 별수 없지……'

천흥이 생각하는 것처럼 다른 지역에서는 식인 행위가 발생하기도 했다.

황건적의 난이 발생하자 후한 시대는 대혼란의 시기로 돌변해 버렸다. 식량을 생산해야 하는 농민들이 주축이 된 반란이었고, 그로 인해 농업 생산량이 극감하였다. 그러다 보니 각지에서 식량이 부족해졌고, 급기야 사람이 사람을 잡아먹는 일이 발생하고 말았다.

그녀는 애써 그런 생각을 털어내며 관해에게 물었다.

"이제 어찌하실 건가요?"

"복수를 해야지!"

관해는 주먹을 힘껏 쥐면서 복수를 다짐하였다.

천홍은 그런 남편을 보자 갑자기 불길한 생각이 머리를 스치고 지나갔다.

여독이 풀리지도 않은 상태에서 무리하게 공격을 감행한 것은 얼마 남지 않은 식량 사정 때문이었다. 그런데 이미 사기가 꺾인 상태에서 과연 성을 점령할 수 있을까 싶었다.

천홍은 불안하기는 했지만 남편에게 그런 내색을 할 수가 없어 그저 모른 척하며 지켜볼 수밖에 없다고 생각했다.

*   *   *

3일 후.

황건적 잔당들이 도창성을 공격한 지도 벌써 3일의 시간이 흘러갔다.

관해는 어떻게든 도창성을 함락시키고 싶었지만 극렬한 저항에 부딪쳐 실패하고 말았다.

이제 관해는 계속 공격을 해야 하는지, 아니면 회군을 해야 하는지를 두고 선택을 해야만 하는 처지였다.

지금까지의 공격으로 수많은 부상자들이 속출하였다.

관해는 회복될 가능성이 없는 부상자들은 눈물을 머금으며 죽이라는 명령을 내렸다.

공도는 현재의 식량 사정으로는 부상자들까지 보살필 여력이 없다는 것을 알고 있었다. 그러기에 그 역시도 관해의 그런 모진 명령에 군말 없이 따를 수밖에 없었다.

하지만 황건적 잔당들은 그런 관해의 처분에 불안하기만 하였다.

언제 자신이 부상을 당할지 모르는 상황이었고, 재수 없게 부상을 입으면 죽을 것이란 생각을 자연스럽게 할 수밖에 없는 상황이었다.

그들은 이대로 관해를 따르자니 자신이 죽을 것 같다는 불안함을 떨쳐 버릴 수가 없었다. 그러다 보니 그들은 극도로 조심하며 도창성을 공격했고, 당연히 그런 마음가짐으로는 성을 함락시킬 수가 없었다.

오늘도 황건적 잔당들은 도창성을 공격했지만 아무런 소득 없이 물러나야만 했다.

성을 점령하는 것은 고사하고 수많은 부상자들만 속출하니 황건적 잔당들의 사기는 이미 땅에 떨어졌고, 전의는 상실된 상태였다.

타닥!

타다닥!

허름한 막사 안에 놓여 있는 화로 근처에서 심각한 표정으로 앉아 있는 공도가 보였다.

그리고 다른 4명도 함께 자리에 앉아 그를 마주 보며 무언
가를 심각하게 의논하고 있었다.

"두령님, 언제까지 지켜만 보실 생각이십니까?"

"그게 무슨 말이냐?"

"정말 모르십니까?"

공도는 수하의 말에 이상함을 느껴 반문을 했다.

"무엇을 말이더냐?"

그러자 공도가 대장으로 있는 선발대의 조장 하나가 상체
를 숙이더니 속삭이듯이 말했다.

"두령님도 아시잖습니까. 이대로 가다가는 우리 애들만 죽
어납니다. 재수 없게 부상이라도 당한다면 그때는 죽습니다."

"그 때문에 수하들이 불안해합니다. 우리가 왜 저 성을 얻
으려고 하는 겁니까? 다 먹고살기 위해서가 아닙니까?"

"맞습니다. 죽은 후에 성을 점령해 봐야 아무짝에도 쓸모
가 없는 일입니다. 그러니 우리라도 살길을 찾아야 하지 않겠
습니까?"

"지금 총두령을 배신하자는 말이냐?"

"두령님께서 승낙만 하신다면 저희들은 두령님을 따르겠습
니다!"

조장 하나가 그처럼 말을 하자 나머지 3명의 조장들도 굳
은 표정으로 공도를 바라보았다.

그들의 눈빛이 예사롭게 보이지 않자 공도는 등골이 서늘해졌다.

'저것들이 말은 저렇게 하지만 내가 반대하면 죽일 것이다……'

공도는 그들이 자신에게 비밀을 털어놓았지만 만약 반대하면 자신을 죽여서라도 비밀을 지키려고 할 것이란 생각이 들었다.

그런 생각이 들자 조장들을 심각한 표정으로 바라보는 공도였다.

저들이 자신에게 이런 사실을 밝힌 것은 선택을 하라는 뜻이라고 파악했다.

잠시 고민하던 공도는 조장들에게 개죽음을 당할 바에야 살길을 도모해야겠다 싶었다.

"너희들 뜻이 그렇다면 이곳을 떠나겠다."

"감사합니다! 두령님!"

공도는 조장들이 서로를 바라보며 웃음꽃을 피우는 모습을 무심한 눈빛으로 지켜보았다.

그렇게 결정이 나자 그들은 은밀하게 계획을 세우기 시작했다.

다음 날 이른 아침에 공도는 선발대를 이끌고 진중을 떠나게 되었다.

이때 공도는 수백 명의 수하들을 이끌었다. 언제나 주변을 정찰하는 선발대인지라 어느 누구도 의심을 하지 않았다.

한편, 도창의 관청.

흠차관 진수현은 조운, 유엽과 함께 향후의 일을 의논하고 있었다.

"군사는 앞으로 어떻게 하였으면 하는가?"

"저는 두 가지 방안이 있다고 봅니다."

"두 가지? 소상히 말해보게."

"첫 번째는 앞으로 각하께서 나아갈 길에 상당한 도움이 될 것입니다. 다만 그 길을 선택했다면 주변의 비난은 감수해야만 합니다."

"도움은 되는데 비난이 따른다? 궁금하군."

그러자 유엽은 관해에게 항복을 권하자고 제안을 했다. 그러면서 관해가 항복 권유를 받아들인다면 수현에게 상당한 도움이 될 것이라고 밝혔다.

그러자 조운이 굳은 표정으로 입을 열었다.

"형님께서도 아시겠지만 황건적들로 인해 나라가 혼란스럽습니다. 이런 상황에서 저들을 회유한다면 오히려 형님께 걸림돌이 될 것입니다. 그러니 받아들이시면 안 됩니다. 차라리 저들이 물러날 빌미를 제공해 주시지요."

"제가 생각한 두 번째 계획이 자룡 공의 뜻과도 같습니다. 회유가 싫으시다면 적들이 물러날 수 있게 만들어주어야겠지요."

"군사의 말은 관해에게 물러날 명분을 제공해 주자는 것인가?"

"바로 보셨습니다. 아무리 황건적이라지만 명색이 총두령입니다. 그러니 적당한 명분을 제공해서 물러날 수 있게 만들어주어야겠지요."

"형님, 저는 군사의 계획이 옳은 것 같습니다. 저들도 지쳤겠지만 아군 또한 지친 상태입니다."

"흐음……."

수현은 고민이 될 수밖에 없었다.

마음 같아서야 황건적 잔당들을 모조리 쓸어버리고 싶었다. 하지만 현실은 그리 녹록하지가 않았다.

무려 15만이라는 대병력을 동원한 관해였다. 비록 몇 번의 공방으로 상당한 병력을 잃었다지만 여전히 10만이 넘는 대병력이 관해에게 있었다.

수현은 관해에게 항복을 권하고 싶었다. 또한 유엽이 첫 번째로 제시한 계획이 탐나기도 하였다.

그러나 욕심은 나지만 황건적 잔당들을 함부로 받아들일 수는 없었다.

자신은 천자를 대신한다는 대의명분이 있었다. 이런 상황에서 황건적 잔당들을 받아들인다면 앞으로 누가 자신을 따르겠나 싶었다.

그런 수현을 지켜보다 유엽이 입을 열었다.

"각하께서 무엇 때문에 고민을 하시는지 알고 있습니다."

"그런가? 자네가 볼 때 내가 어떤 선택을 해야 한다고 보는가?"

"각하께서도 아시겠지만 지금은 난세입니다. 난세는 영웅을 필요로 하는 법입니다."

"형님께서 난세에 필요한 영웅이시라는 말인가?"

"그러합니다. 만약 각하께서 대업을 도모하시겠다면 주변의 비난을 무시하고 저들을 수용해야 합니다. 하지만 그렇게 된다면 대의명분이 올바르게 서지를 않습니다. 자칫 천자를 대신하는 흠차관이라는 위명에 먹칠을 할 수 있습니다."

유엽의 말에 수현은 자신의 미래를 상상해 보았다.

요동에 대제국을 건설하고 싶은 수현이었다. 물론 그것이 얼마나 힘든지 알고 있었지만 훗날 자신의 발자취는 역사가 되어 영원토록 남을 것이란 생각이 들었다.

'후한이 혼란스러운 원인들 중에 황건의 난이 가장 컸지……'

수현은 그렇게 생각을 하며 살며시 고개를 끄덕였다.

그러면서 자신은 후한의 천자를 대신하는, 흠차관이라는 막중한 신분이라는 것을 다시금 상기했다. 그러기에 자신은 황건적 잔당들을 수용해서는 안 된다고 보았다.

만약 저들을 수용한다면 두고두고 그 일로 인해 자신의 발목을 잡을 것이라고 보았다.

'그러고 보니 조조가 황건적 잔당들을 수용하여 청주병으로 부르지 않았던가… 역시 대단한 인물이군.'

수현은 아직 조조를 만나본 적은 없었지만, 엄청난 비난을 감수하면서 황건적을 받아들인 점은 함부로 무시해서는 안 된다고 보았다. 그것은 조조가 주변의 시선보다는 실리 추구를 중요하게 생각하고 있다는 방증이라 보았다.

수현은 조조가 대단하기는 하지만, 자신이 흠차관이라는 점을 망각해서는 안 된다고 재차 다짐하며 군사 유엽을 바라보았다.

"자룡의 생각에 따르도록 하겠네. 이 시각 이후로 관해에게 항복 권유는 없을 것이네!"

"형님! 잘 생각하셨습니다!"

의형 수현이 자신의 뜻을 받아주자 조운의 얼굴이 환하게 변해갔다.

반면에 유엽은 마치 이렇게 결정을 할 것이라고 예상이라도 하였는지 아무런 표정 변화 없이 담담한 말투로 말했다.

"그럼 이제부터는 관해가 황건적들을 물릴 수 있는 명분을 제공해야겠군요."

"좋은 계책이라도 있는가?"

"그야 각하께서 저들에게 물러날 수 있는 명분을 만들어 주셔야 하지 않겠습니까?"

유엽은 그렇게 말하면서 옆에 있는 조운을 바라보며 물었다.

그러자 수현도 그를 따라 자연스럽게 조운에게 시선을 주었다.

"자룡 공, 듣자하니 관해의 용력이 가히 항우에 버금간다고 하더군요. 그자를 상대할 자신이 있으신지요?"

"나도 관해가 대단하다는 소문은 들었소이다. 하나, 길고 짧은 것은 대봐야 아는 법이지!"

"군사! 설마 지금 자룡에게 관해를 상대로 일기토를 하라는 것인가?"

"각하, 일기토가 무슨 뜻인지요?"

"아, 아니네."

수현은 순간 자신도 모르게 한때 대한민국에서 유행하였던 삼국지라는 게임에서 나오는 용어를 내뱉고 말았다.

그는 곧바로 일기토라는 것이 일본 게임 회사에서 장수전을 달리 표현한 말이라는 것을 떠올렸다.

"단기 접전을 말하고 싶었네. 그러한가?"

"장수들 간에 자웅을 겨루는 것을 말씀하시는 거라면, 그러합니다."

유엽의 답을 듣자 수현은 조운에게 시선을 주며 물었다.

"자룡은 동탁이 자랑하던 화웅이라는 무장을 아는가?"

"소문을 통해 누군지는 알고 있습니다."

"그럼 그자가 유비의 의동생인 관우라는 자에게 단칼에 죽임을 당했다는 것도 알고 있겠군. 내 짐작에 관해는 그 관우와 동급이네. 그래도 자신이 있는가?"

"형님께서는 걱정하지 않으셔도 됩니다. 관해 같은 자가 둘이라면 어렵겠지만 혼자라면 상대할 자신이 있습니다."

"그럼 한 가지만 약속을 하게. 상황이 불리하다 싶으면 도망치게! 약속하겠는가!"

유엽은 수현의 말에 놀란 듯 눈을 크게 뜨며 바라보았다.

수현의 말에 따르면 조운의 명예는 땅에 떨어지는 것이나 다름이 없었다. 그런데도 그런 말을 망설임 없이 내뱉으니, 유엽이 놀라는 것은 당연한 반응이었다.

"약속하겠습니다!"

"무리한 부탁을 들어주어 고맙네, 군사!"

"예, 각하."

"이후의 계획을 마저 밝히게."

"예, 관해가 아무리 대단하다고 하여도 여러 날 동안 황건적 잔당들을 이끈다고 상당히 지쳐 있을 것입니다. 그러니 자룡 공이라면 충분히 상대가 되겠지요. 자룡 공이 관해를 이기면 황건적들은 물러가라고 하시고, 각하께서 관해를 받아들이시면 됩니다."

"조금 전까지만 하더라도 저들을 받지 말라고 하지 않았나?"

"그야 황건적 잔당들을 수용하지 않아야 한다는 뜻입니다. 하나 관해 같은 용장은 충분히 효용 가치가 있지 않겠습니까? 그러니대전 조건으로 관해가 패하면 포로가 되어야 한다고 제시해야 합니다."

"그럼 저들이 이겼을 때는?"

"식량을 제공하겠다고 제안하면서 관해에게 병력을 물리라고 하는 것입니다. 관해가 멍청하지 않다면 겨우 제공받은 식량으로는 이곳을 도모할 수 없다고 생각할 겁니다. 그렇게 하여 관해가 군을 물릴 수 있는 명분을 제공하는 것이지요."

"알겠네, 그리 일을 추진해 보게."

"예!"

그렇게 결정이 나자 유엽은 관해에게 전령을 보냈다.

유엽의 지시를 받은 전령은 하얀 깃발을 휘날리며 빠르게 관해의 진영으로 향했다.

그런 소식은 이내 관해에게도 전해졌고, 그는 아내와 함께 막사로 들어서는 전령을 맞이했다.

전령은 유엽에게서 지시를 받은 대로 찾아온 이유를 설명하기 시작했다.

잠시 동안 전령의 말을 듣고 있던 관해가 입을 열었다.

"밖에서 대기하여라. 의논을 한 후에 답을 주겠다."

관해는 전령이 막사를 빠져나가자 옆에 있는 아내 천홍을 바라보며 물었다.

"어떻게 해야 하겠는가?"

"공도가 사라졌다는 것을 아시지요?"

"크흠! 그놈 얘기는 왜 꺼내는가!"

"당신을 따르던 공도가 도망쳤으니 병사들의 동요는 굳이 말할 필요가 없겠지요."

천홍의 말에 관해는 표정이 더욱 굳어져 갔다.

잠시 정찰을 하고 오겠다던 공도였는데, 해가 중천에 떠오른 지금까지도 복귀하지 않았다.

관해는 공도가 탈영을 했다는 것을 믿지 못했다.

마음 한편에서는 공도가 돌아올 것이라고 일말의 희망을 가져보았지만, 시간이 흘러갈수록 그런 바람은 실망으로 변해 갔다.

"공도가 사라졌다는 것이 수하들에게 알려진다면 걷잡을

수 없을 정도로 도망자들이 생겨날 것입니다."

"그럼 자네는 저들의 제안을 받아들여야 한다는 뜻인가?"

"이대로 물러난다면 당신을 따르는 자들은 언제 또다시 배신을 할지 모릅니다. 하지만 저들의 제안을 받아들인다면 돌아갈 때 먹을 식량은 구할 수 있겠지요."

"내가 저놈들을 위해서 나서는 모습을 보여주라는 것이군."

"그렇습니다. 그리고 이번에는 굳이 이기려고 하지 마세요."

"그게 무슨 말인가!"

관해는 아내 천홍의 말에 짙은 눈썹을 꿈틀거리며 바라보았다.

그런 관해를 보면서도 천홍은 놀라지도 않고 덤덤하게 말했다.

"저들이 내세운 조건에 따르면 관 랑이 패하면 포로가 되어야 한다고 하였지요?"

"그러하네."

"이참에 관 랑도 살길을 도모하시지요. 저들이 그런 조건을 내세운 것은 관 랑을 거두고 싶어서입니다. 물론 이건 제 추측일 뿐입니다."

"으음……."

관해는 아내의 말을 들으니 그럴 수도 있겠다 싶었다.

비록 천홍이 글은 모른다지만 자신보다도 영리하고, 어려운 일도 곧잘 해결했었다. 그러다 보니 아무리 성질이 급한 관해라 하여도 천홍의 의견은 함부로 무시하지 않았다.

잠시 생각하던 관해가 고개를 끄덕거렸다.

그러면서 전령이 했던 말을 되새겨 보았다.

전령은 '단기 접전을 통해 이기는 쪽의 조건을 들어주자'라고 전해왔다.

그러면서 전령은 자신들이 승리하면 군을 물리라는 것과 총두령 관해는 포로가 되어야 한다는 조건을 내세웠다.

"자네 말처럼 일부러 진다고 해보세. 과연 수하들을 무사히 보내줄까?"

"그 점은 걱정하지 않아도 될 겁니다. 수하들에게 당신이 패하면 포로가 될 것이라고 하는 겁니다. 하지만 식량은 제공받는 조건으로 대전에 임하겠다고 하는 겁니다. 그럼 당신의 수하들은 총두령이 자신들을 위해서 싸우다가 고의로 포로가 되었다고 생각을 할 겁니다."

"적들이 내 조건을 받아줄까?"

"저들도 지쳐 성을 나와 공격할 정도는 아니기 때문에 이런 제안을 해온 것이지요."

"그래도 사내 체면이 있지, 일부러 지라고 하니… 커험!"

그러자 천홍이 관해의 곁으로 가더니 그의 손을 잡아 자신의 배에 올려두며 바라보았다.

관해는 천홍이 임신을 했다는 것을 그제야 떠올리며 그녀를 살며시 안아주었다.

"관 랑, 언제까지 토벌을 걱정하면서 살아가야 하나요. 두 번이나 유산했으니 어쩌면 이 아이가 마지막일지도 몰라요."

"미안하오, 내 미처 그 생각을 못 했소."

"수하들에게 이런 사실을 말하세요. 그럼 관 랑이 배신하였다고 생각하지는 않을 겁니다."

"알았소, 그리하지."

관해는 결정을 내리자 전령을 들어오도록 하더니 제안을 받아들이겠다고 말했다. 시각은 다음 날 정오로 정해졌고, 장소는 도창성 인근에 있는 공터로 정했다.

그리고 그런 소식은 황건적 잔당들에게 전해졌고, 그들은 총두령이 자신들을 위해 나선다고 생각하면서 감격하였다.

다음 날, 정오.

휘이잉!

위이잉!

매서운 황토 바람이 불어오는 도창성 인근에 있는 공터.

푸르릉!

조운과 관해 두 사람은 거친 투레질을 하는 말에 탄 채로 서로를 바라보았다.

이미 양쪽 진영에는 두 사람이 단기 접전으로 이번 전투를 결판낸다는 것이 알려진 상태였다.

황건적 잔당들은 총두령 관해를 바라보며 숨소리조차 내지 못할 정도로 잔뜩 긴장했다.

그럴 수밖에 없는 것이 이번에 관해가 승리하면 태산으로 회군할 수 있는 식량을 제공받기로 되어 있었다.

반면에 결투에서 지면 식량을 제공받는 것은 변동이 없지만 총두령 관해는 포로가 된다.

그러다 보니 황건적 잔당들은 긴장된 마음으로 관해를 바라보았다.

한편, 도창성의 누각에서 조운과 관해를 지켜보는 수현과 유엽이 보였다.

"괜찮을지 모르겠군."

"각하, 자룡 공이라면 능히 관해라는 저자를 상대할 수 있을 것입니다."

"이제는 되돌릴 수 없으니 자룡을 믿을 수밖에."

"시작하려나 봅니다."

유엽의 말처럼 조운이 천천히 말을 몰아가더니 관해와 일정한 거리를 두고 멈췄다.

그러면서 그는 맞은편에 있는 관해를 향해 크게 소리쳤다.

"상산 출신의 조운이라 하오!"

"관해라고 하오! 통성명은 하였으니 이제 자웅을 겨뤄봅시다! 이럇!"

"이럇!"

관해가 먼저 말의 배를 걷어차며 내달렸다.

그러자 조운 역시도 말을 몰아 내달렸다.

두두두두!

두… 두!

뿌연 흙먼지를 일으키며 맹렬한 속도로 서로를 향해 내달리는 두 사람이었다.

관해는 환수대도로 불리는 직도(直刀)를 들고 있었고, 조운은 장창을 들고 내달렸다.

조운은 창끝을 지면에 살짝 끌리듯이 내달렸고, 뿌연 흙먼지가 허공으로 날아올랐다.

"핫!"

부우웅!

조운은 관해가 가까이 다가오자 짧은 기합을 토해내면서 들고 있던 창을 번개처럼 내질렀다.

관해는 창보다 짧은 직도를 가지고 있었기에 조운의 날카로운 창을 피하기 위해서 급히 상체를 뒤로 젖혔다.

부웅!

관해는 섬뜩한 파공음이 귓전에 들려오자 조운의 창을 피했다고 생각하고는 즉시 몸을 일으켜 공격하려고 하였다.

그런데 조운은 마치 관해가 그렇게 피할 것이라고 예상이라도 한 듯이 다음 동작으로 빠르게 들어갔다.

조운은 찔렀던 창을 허리를 따라 빠르게 회전시키더니 관해의 옆구리를 창대로 때려 버렸다.

퍽!

"크윽!"

가죽공이 터지는 듯한 육중한 타격 음이 울려 퍼졌고, 관해의 입에서는 간신히 참아내는 듯한 신음 소리가 흘러나왔다.

조운을 지나친 관해는 마치 뼈가 부러진 듯한 극심한 통증이 옆구리에서 전해져 오자 입술을 힘껏 깨물며 뒤돌아보았다.

'보통내기가 아니구나……'

옆구리가 욱신거려 왔지만 관해는 마치 아무 일도 없었다는 듯이 조운을 바라보았다.

조운은 시커먼 창을 오른손에 들었는데, 관해가 보기에는 그 모습이 마치 천상에서 내려온 장군처럼 여겨졌다.

갑옷과 투구를 제대로 차려입은 조운의 모습에 관해는 긴장이 되었다.

기껏해야 이제 약관의 나이처럼 보였다. 그런데 십여 년 동안 생사를 오가는 전장에서 칼 밥을 먹은 자신보다도 무위가 뛰어난 사람으로 보였다.

"그대의 이름이 어떻게 되시오?"

"상산 출신의 조운이요. 자는 자룡을 쓰지."

"이제부터 제대로 상대하려고 하니 각오하시오!"

관해가 굳은 표정으로 그처럼 말하자, 조운은 무심한 표정으로 물었다.

"내 창이 제대로 들어간 것 같았는데, 괜찮으시오?"

"전장에서 적에게 동정을 베푸는 것이 금기라는 것을 모르는가!"

"하긴, 그렇기도 하군. 좋소! 다시 겨뤄봅시다! 이럇!"

"이럇!"

이번에는 조운이 먼저 내달렸고, 관해도 말을 몰아 조운을 향해 빠르게 내달렸다.

순식간에 코앞까지 도달한 두 사람이었다. 조운이 먼저 그의 얼굴 부근에 빠르게 창을 찔러갔다.

챙!

챙!

처음의 격돌과 달리 잔뜩 긴장한 관해는 조운의 창날이 다가오자 환수대도로 쳐내며 순식간에 상체를 숙였다.

깡!

끼이익!

관해가 환수대도로 조운의 옆구리를 노리자 이상스러운 굉음이 창대에서 울려 퍼졌다.

언제 창을 움직였는지 관해의 환수대도를 막아낸 조운이었다.

묵철로 만든 조운의 창대와 관해의 환수대도가 만나자 귀에 거슬리는 쇳소리가 울렸다.

조운은 자신을 스치고 지나가는 관해의 등을 노리고 빗살처럼 빠르게 창을 뒤로 내질렀다.

쉬익!

깡!

관해도 만만한 상대가 아니라는 것을 보여주려는 듯 재빨리 환수대도를 등으로 돌려 창을 막아냈다.

그런데 조운의 창날이 대단한지 관해의 환수대도가 버티지 못하고 도신에 금이 갔다.

춘추전국시대 천하제일의 명검 간장막사(干將莫耶)가 있었다.

장인 막야는 그 두 자루의 명검 간장과 막사를 오왕 합려에게 바쳤다.

사실인지는 모르지만 조운의 창은 두 자루의 명검을 만들었던 장인 막야의 스승 구야자의 작품이라고 하였다.

구야자는 당대 최고의 장인이었고, 그가 만든 창이 지금의 조운에게 전해졌다고 한다.

겉보기에는 투박해 보이지만 구야자의 창은 그 이름값을 톡톡히 해냈다.

관해의 환수대도는 단 일격에 금이 가버렸고, 그런 사실은 조운의 창을 구야자가 만들었다는 것을 방증하는 것처럼 보였다.

관해는 자신의 환수대도가 금이 갔다는 것도 모른 채 다시 말을 몰아 조운에게 내달렸다.

조운은 잠시 기다렸다가 관해가 가까이 다가오자 힘차게 창을 휘둘렀다.

챙!

퍽!

관해는 자신의 도가 이상한 소리와 함께 반으로 부러지자 힘껏 조운을 향해 던져 버렸다.

탁!

조운이 날아오던 반쪽짜리 칼을 창으로 쳐내며 물었다.

"계속하시겠소?"

"그만하지."

관해는 어차피 이번 대전에서 일부러 지는 것으로 아내와 말을 맞춘 상태였다.

그러니 지금처럼 칼이 부러지는 장면을 수하들에게 보여주어 자신의 패배를 받아들이게 만들고 싶었다.

"그럼 약속을 지키는 것으로 받아들여도 되겠소?"

"사내가 어찌 한 입으로 두말을 할 수 있겠소."

그러면서 관해가 몸을 돌리더니 개미 떼처럼 모여 있는 황건적 잔당들을 향해 소리쳤다.

"모두 들으라! 너희가 보다시피 이번 대전에서 내가 패했다!"

"총두령님!"

"아닙니다!"

소수의 황건적 잔당들은 총두령 관해가 패했다는 것을 받아들일 수가 없어 소리쳤다.

하지만 대다수의 황건적 잔당들은 관해의 패배를 받아들여 아무런 말이 없었다. 다만 그들의 표정은 상당히 굳어 있었다.

"이제 약속대로 너희는 태산으로 돌아가라! 이는 내가 너희에게 내리는 마지막 명령이다!"

관해의 외침이 끝나자 황건적 잔당들 사이에서 천홍이 나타났다.

그녀는 천천히 말을 몰아 관해에게 다가갔다.

휘이잉!

휘이잉!

한 줄기 황토 바람이 결전장을 휘몰아 지나갔고, 몇몇의 황건적들은 관해와 천홍을 보며 눈물을 흘렸다.

천홍이 남편 관해의 곁에 도달하자 애써 웃어 보이며 말했다.

"관 랑, 수고하였어요."

굳은 표정으로 고개를 살며시 끄덕거린 관해가 몸을 돌려 천홍과 함께 조운에게 향했다.

수현은 그런 모습을 성곽의 누각에서 지켜보다 곁에 있는 유엽에게 지시를 내렸다.

"유 군사, 성문을 열라고 하게."

"각하, 저들의 속임수가 있을지도 모릅니다."

"아무리 저들이 황건적이라지만 총두령이 포로가 되었네. 그러니 함부로 움직이지 못할 것이네."

"그러지 마시고 먼저 식량을 제공하여 저들이 물러나는 것을 지켜보시지요. 그런 후에 관해를 만나도 늦지 않습니다."

유엽의 그런 말에 수현은 다시금 이곳이 권모술수가 난무하는 후한 시대라는 것을 깨달았다.

그러면서 자신이 조운과 관해 두 사람의 대전에 잠시 흥분하였다고 자책했다.

"그렇게 하게."

"예, 즉시 준비하겠습니다."

유엽은 오늘 대전을 위해 성밖에 야적해 두었던 식량을 제공해 주라는 지시를 병사들에게 내렸다.

그로부터 얼마 후 병사들의 삼엄한 경계 속에서 식량을 수북이 실은 수레들이 줄지어 움직이기 시작했다.

관해는 그들이 자신과 하였던 약속을 지킨다고 생각하면서 수레를 바라보았다.

황건적 잔당들이 다가와 수레를 끌고 가는데 하나같이 관해를 보며 눈물을 흘리고 있었다.

관해 또한 수하들과 함께하였던 지난날이 떠올라 눈물이 나오려 하였고, 애써 참기 위해 눈을 감은 채로 우두커니 서 있을 따름이었다.

                    *   *   *

몇 개월 후.

191년 한 해를 마무리하는 초겨울이 다가왔다.

흠차관 진수현이 또다시 준동한 황건적의 난을 평정하자 소문은 순식간에 대륙 곳곳으로 전해지게 되었다.

사람들 입에 오르내리는 것은 대부분이 수현에 관한 것이었고, 시간이 갈수록 소문은 눈덩이처럼 부풀려져 갔다. 그러다 보니 소문만 믿고 많은 유랑민들이 수현이 있는 북해로 모여들게 되었다.

수현은 유랑민들을 기꺼이 받아들였고, 그들이 자립할 수 있게 적극적으로 지원을 해주었다. 땅을 원하는 자들에게는 황무지를 개간할 수 있게 지원을 하였고, 그러지 않은 자들에게는 북해 인근에 조성되고 있는 대규모 염전에서 일을 할 수 있게 해주었다.

수현이 요동에서 생산한 대량의 소금으로 인부들에게 노임까지 주자, 시간이 갈수록 더욱 많은 사람들이 청주 지역으로 모여들게 되었다.

그렇게 서서히 청주 지역이 안정되자 수현은 청주자사에 감녕을 임명했다.

감녕은 이번 2차 황건적의 난에 북해성을 사수한 공이 있기는 하였다. 하지만 황건적 잔당들과 싸운 조운, 장합, 태사자, 유엽에는 미치지 못했다.

그럼에도 수현이 감녕을 청주자사에 임명한 것은 그만한 이유가 있었다.

처음 수현이 북해로 가려고 하였던 이유는 바로 대륙의 정보를 구하기 위함이었다.

수현은 감녕이 한때 익주를 장악한 점을 높이 샀다.

감녕이 익주를 무리 없이 장악한 능력이라면 청주 또한 능히 장악할 수 있을 것으로 보았다.

수현의 그런 설명을 들은 다른 이들도 수긍을 하였다. 또한 수현은 조모를 보살펴야 하는 노숙에게 감녕을 도와달라고 부탁하였다.

　노숙은 친우 유엽을 통해 수현의 활약을 들었기에 망설임 없이 돕겠다고 하였다. 그러나 조모의 병이 완치되면 고향으로 돌아가겠다고 한지라 수현은 그 점이 너무나 아쉬웠다.

　그렇게 청주의 일을 마무리하자 수현은 요동으로 돌아갔다.

제6장
도도히 흐르는 장강(長江)의 물결

후한(後漢) 초평(初平) 2년(191년) 초겨울.

장사태수 손견에게 원술이 보낸 이가 찾아왔다.

손견은 그 사람이 전해준 작은 비단에 쓰여 있는 밀지를 읽어보더니 표정이 심각하게 변해갔다.

이때 원소는 형주의 유표와 연합하여 원술이 남쪽으로 세력을 확대하는 것을 견제했다.

원술 역시 북방의 공손찬, 도겸 등과 합세하여 원소를 견제하는 상태였다.

본래 원소와 원술은 사촌지간이었지만, 두 사람은 오랜 숙적 관계이기도 하였다.

원소는 명문가의 자제답게 단아하고 학식이 빼어난 선비로 이름이 높았다.

원술 역시 당대의 호걸이라는 명성을 떨치고 있었지만, 아무래도 원소에 비해 부족한 것이 사실이었다. 특히나 욕심이 많고, 사치스럽고, 음탕한 생활을 하였던 원술은 원소가 반동탁의 맹주가 되었던 것이 못마땅했다.

원소가 반동탁 연합의 맹주로 있을 때 손견은 옥새를 얻게 되었다.

두 사람은 손견에게 옥새를 내어달라고 하였지만, 손견은 '자신에게 옥새가 있다면 하늘에서 떨어지는 돌에 맞아 죽을 것이다'라고 당당하게 외치며 그 자리를 떠나 버렸다.

이에 욕심이 많은 원술은 원소에게 유표로 하여금 손견을 치라고 했다.

그런데 놀랍게도 이때 손견은 원술의 사람이었다.

원술은 나라가 어지러워지자 스스로 황제가 되려는 욕심을 품고 있었고, 당연히 손견이 옥새를 숨겼다고 확신하였다.

그는 원소를 이용해 손견을 죽이려는 무서운 계획을 세운 것이다.

원술의 사악한 간계를 파악하지 못한 원소는 아무런 의심 없이 따랐다.

옥새를 얻은 손견은 자신의 임지인 장사로 돌아가기 위해 서둘렀지만 원소의 지시를 받은 유표와 대면하게 되었다.

이때 손견은 유표에게 엄청난 피해를 입었고, 간신히 임지인 장사로 도망쳤다.

그때부터 손견은 유표에게 앙심을 품게 되었고, 호시탐탐 복수할 날이 오기만을 기다렸다.

그러던 어느 날 원술이 보낸 사람을 맞이한 손견이었다.

원술은 밀지를 통해 유표를 공격하라는 지시를 손견에게 내렸다.

손견은 마음 같아서는 당장 유표를 치고 싶었지만, 형주가 결코 만만한 곳이 아니란 것을 알기에 고민을 할 수밖에 없었다.

그러던 중에 시간은 흘렀고, 마침 오늘이 손견의 생일이었다.

팡!

파방!

파파방!

장사 관청 앞 대로에서 요란하게 청죽이 터지자 준비하고 있었던 악대들이 흥겨운 음악을 연주했다.

수많은 사람들이 모여 태수 손견의 생일을 축하하였다.

거리에 세워진 차양 아래에 많은 사람들이 자리를 잡았고,

태수부에서 제공하는 음식과 술을 마시면서 환하게 웃음꽃을 피웠다. 그들은 신기한 재주를 선보이는 재인들의 공연에 빠져들었고, 연신 태수 손견의 공덕을 칭송하였다.

관청의 후원에서도 거리에 모여 있는 사람들처럼 떠들썩한 것은 매한가지였다.

장사태수 손견과 그의 부인 오씨는 끝이 보이지 않을 정도로 몰려드는 하객들을 맞이한다고 정신이 없을 정도였다.

손견과 혼인을 하여 장남 책과 차남 권을 낳은 오 부인은 하객들에게 고마움을 담은 인사를 하다 옆으로 고개를 돌렸다.

그러자 무슨 일 때문인지 며칠 전부터 표정이 굳어 있는 남편 손견이 보였다.

그녀는 남편의 굳은 표정을 보자 자신도 모르게 긴장이 됐다.

성대한 생일 축하 연회가 열리고 있는데, 당사자는 전혀 기쁜 표정이 아닌지라 그녀는 불안하기만 하였다.

오 부인은 주변에 사람만 없었다면 남편에게 따지고 싶을 정도로 화가 치솟았다. 아무리 양보를 해도 지금의 처신은 도저히 받아들일 수가 없다고 생각하는 그녀였다.

그때였다.

태수부의 살림을 도맡아 하는 총관이 후원으로 들어오더

니 태수 손견에게 말했다.

"태수님, 단양태수께서 오셨습니다."

그런 말에도 장사태수 손견은 마치 목석처럼 답이 없었다.

그러자 보다 못한 오 부인이 총관에게 답을 해주었다.

"어서 안으로 모시거라."

"예."

오 부인은 동생인 단양태수 오경이 왔음에도 남편이 굳은
표정을 풀지 않자 더 이상은 참을 수가 없었다.

오 부인은 걱정스러운 표정으로 남편 손견에게 물었다.

"태수님, 무슨 안 좋은 일이라도 있으신지요?"

하지만 손견이 무슨 생각을 그리도 깊이 하는지 오 부인의
말을 듣지 못했다.

그러자 그녀가 남편의 소맷자락을 몇 번 가볍게 잡아당겼
다.

그제야 정신을 차린 손견이 옆에 있는 아내를 바라보았다.

"왜 그러시오?"

"무슨 생각을 그렇게 하시는지요? 하객들을 맞이하셔야 할
것이 아닙니까."

"미안하오, 내 잠시 생각할 것이 있어 그러했으니 넘어갑시
다. 그보다 무슨 일이오?"

"동생이 왔다고 합니다."

"아! 내 정신 좀 보게."

손견이 정신을 차리고 얼마 되지 않아 단양태수 오경이 후원으로 들어오면서 환하게 웃어 보였다.

"매형! 누님!"

"동생!"

"처남 왔는가."

"예, 매형!"

오 부인은 오랜만에 보는 동생 오경에 입가에 환한 웃음꽃이 피어났다.

하지만 손견은 겉으로는 무표정하였지만, 머릿속은 원술의 밀지로 가득했다. 그런 상태인지라 좀처럼 굳은 표정은 풀리지 않았고, 끝내 자신도 모르게 퉁명스러운 말이 흘러나오고 말았다.

"처남, 머리가 아파서 그러니 좀 쉬어야겠네. 미안하게 되었네."

그러면서 손견은 몸을 돌려 후원으로 들어가 버렸다.

단양태수이자 오 부인의 동생 오경은 손견이 마치 자신을 무시하는 것처럼 보이자 너무나 황당할 수밖에 없었다.

"매, 매형!"

"동생, 아무래도 무슨 일이 있나 보네. 그러니 동생이 너그럽게 이해를 해주시게."

"누님, 이거 정말 서운합니다. 제가 어디 남입니까! 이거야 마치 저를 만나기 싫어서 저러는 것처럼 보입니다!"

"그럴 리가 있겠는가."

말은 그렇게 하는 오 부인이었지만 내심 동생의 말이 틀리지 않다고 여겨졌다.

아무리 좋게 보아주고 싶어도 남편의 행동은 분명 자신의 동생을 무시하는 처사로 보였다.

"누님, 매형께 가보시지요. 무슨 일인지 궁금하시지 않으십니까?"

"나도 저런 모습은 처음인지라 어찌해야 할지를 모르겠네."

"누님! 가보시자니까요."

"알았네."

동생의 말에 오 부인은 총관으로 하여금 하객들을 맞이하라고 지시를 내리더니 후원으로 들어갔다. 그러자 오경도 그녀의 뒤를 따라 움직였다.

조화롭게 꾸며진 후원의 정원을 지나 내당으로 들어선 두 사람이 문을 열고 안으로 들어갔다.

그러자 벽에 기대어 창밖을 바라보고 있던 손견이 안으로 들어오는 두 사람을 바라보았다.

"매형! 대체 무슨 일인데 그러십니까?"

"처남, 그새를 못 참고 왔는가?"

오경은 손견의 곁으로 가서 자리를 잡고 앉으며 다시 물었다.

"매형, 무슨 일이 있는 겁니까?"

"태수님, 속 시원히 말씀을 해주세요."

"흐음……"

아내의 말에도 손견은 답을 하지 않고 깊은 신음만 토해냈다.

그러자 오 부인도 남편의 곁에 앉으며 답을 재촉했다.

잠시 고민을 하던 손견이 마침내 결심을 했는지 소매에서 작은 비단 쪼가리를 꺼내 내밀었다.

"처남, 읽어보게."

그러자 손견이 내민 비단 쪼가리를 받아서 읽어가던 오경이 놀란 듯 눈을 크게 뜨고 말했다.

"이, 이게 정말입니까?"

"동생, 무슨 내용인데 그러는가?"

그러자 오경이 누이에게 설명을 하는데, 원술이 유표를 공격하라는 내용이라고 알려주었다.

오 부인도 그 내용에 너무나 놀라 남편을 바라보았다.

"이제 내 고민을 알겠는가?"

"매형, 형주를 치라리요! 그게 가당한 일입니까!"

"태수님, 정말 형주를 공격하실 참이십니까?"

오경이 반대의 뜻을 밝히자 손견의 표정이 굳어갔다. 그런데 아내마저도 반대의 뜻이 담긴 물음을 해오자 버럭 소리치고 말았다.

　"부인은 형주의 유표가 지난날 내게 치욕을 주었다는 것을 벌써 잊으셨소!"

　"제가 그것을 어떻게 잊겠습니까. 다만……."

　오 부인이 무어라 말을 하려고 하자 손을 들어 가로막는 손견이었다.

　"부인이 무슨 걱정을 하는지 나도 알고 있소! 하나, 그날의 치욕을 씻을 수만 있다면 나는 형주를 칠 것이오!"

　손견은 너무나 단호하게 그처럼 말하며 벌떡 자리에서 일어나더니 밖으로 나가 버렸다.

　그러자 오 부인은 동생 단양태수 오경에게 걱정스러운 표정을 내보이며 물었다.

　"동생, 이 일을 어찌해야 하는가?"

　"누님, 어떻게든 매형의 마음을 돌려놓으셔야 합니다. 날은 점점 추워지는데 군사를 일으키는 것은 아니 될 일입니다. 더구나 형주는 물자와 인력이 풍부한 곳인지라 만만하게 보아서는 아니 됩니다."

　"나라고 왜 그것을 모르겠는가, 하지만 저리도 완고하시니……."

오 부인은 남편 손견이 나가 버린 문을 바라보자 가슴이 거칠게 요동치는 것이 느껴졌다.

아무리 자신이 내당을 지키는 여인네라지만, 태수의 부인이다 보니 어느 정도는 세상 돌아가는 형편을 알고 있었다.

형주(荊州)!

중국 대륙의 중앙에 위치한 덕분에 사통팔달의 요지 중 요지였다.

지정학적으로 중요한 위치에 있어 고대 여러 왕국의 수도가 되었고, 특히 삼국시대에는 치열한 쟁탈전이 벌어졌던 곳이었다. 또한 형주는 춘추전국시대 400여 년 동안 초나라의 수도였다.

오 부인은 형주에 속한 현만 하더라도 무려 110개가 넘는 것으로 알고 있었다.

남편 손견이 태수로 있는 장사는 형주에 속하기는 하지만, 속현은 고작 10개가 조금 넘었다.

이런 객관적인 사실만 보더라도 형주자사 유표가 절대적으로 유리하였다. 더구나 장사군은 형주자사의 관리, 감독을 받아야만 했다.

'이러다 역적이라는 오명을 쓰지나 않을지 모르겠구나……'

오 부인이 불안해하는 것은 바로 남편 손견이 상관인 유표에게 대항했다는 것이다. 자칫하면 남편은 반란군이라는 오명을 뒤집어쓸 수가 있는 상황이었다.

*   *   *

며칠 후.

여강군(廬江郡) 서현(舒縣).

기나긴 겨울밤이라 아직 날은 어슴푸레하였고, 그런 것을
보여주기라도 하는 듯 거리를 오가는 사람은 없었다.

서현의 번화가에서 그다지 멀지 않은 곳에는 유유히 흐르
는 강이 있었고, 강가에 위치한 아담한 크기의 가옥이 보였
다. 그 가옥은 비록 크지는 않았지만, 주변에서 흔하게 볼 수
없는 기와로 지붕을 얹은 것으로 볼 때 지방의 토호가 사는
곳처럼 보였다.

역시나 그곳에도 불빛은 보이지 않았다.

그러나 본채의 마당을 지나 뒤뜰로 가자 작은 별채가 보이
는데 유독 그곳만은 환하게 불이 밝혀져 있었다.

별채 안으로 들어가자 아직은 십 대로 보이지만, 기골이 장
대한 소년이 분주히 오가는 것이 보였다. 그 소년은 또래의 소
녀들에게 미공자로 유명한 손책(孫策)이었다.

손책은 잠에서 깨어나자마자 어디를 가려고 하는지 행장을
꾸리고 있는 중이었다.

그런데 손책의 움직임은 마치 무언가에 쫓기는 사람처럼 서두르는 기색이 역력해 보였다.

그렇게 분주하게 움직이는 와중에 갑자기 문밖에서 익숙한 사내의 음성이 들려왔다.

"백부, 안에 있는가?"

자를 백부로 쓰는 손책은 자신을 부르는 소리에 문을 열어주었다.

그러자 같은 또래의 한 소년이 나타났다.

그 소년은 손책보다도 외모가 출중하여 주변에서 잘생긴 외모의 남자라는 뜻이 담긴 미주랑으로 불리는 주유(周瑜)였다.

손책과 주유는 동갑인 데다 서로 뜻이 맞아 깊이 교분을 나누고 있었는데, 주변에서 그런 두 사람의 관계를 단금지교(斷金之交)로 칭할 정도였다.

손책은 주유가 나타나자 반갑게 맞이했다.

"공근, 어서 오게. 그러지 않아도 찾아갈 참이었네."

"무슨 일이 있는가?"

그렇게 말하며 주유가 내실로 들어서는데 서탁에 놓여 있는 행낭을 발견했다.

"백부, 저게 웬 행낭인가?"

"할 얘기가 있으니 우선은 앉게."

그 말에 주유가 자리에 앉더니 설명을 해보라는 듯이 손책을 바라보았다.

그러자 손책이 마주 앉더니 지난밤에 꾸었던 꿈을 들려주기 시작했다.

손책은 간밤에 꿈을 꾸었는데 얼굴이 피범벅인 부친이 나타났다고 말했다.

"그게 정말인가? 왠지 불길하군."

"내가 이런 얘기를 꾸밀 사람으로 보이는가? 나도 불길하여 아버님을 뵈려고 길을 떠나려고 하네."

"설마 꿈을 믿고 길을 나서려고 하는 것인가?"

"꿈자리가 불길한 것도 있지만, 다음 달이면 새해가 아닌가. 아무래도 원단은 부모님과 함께 보내야지. 동생들도 보고 싶기도 하고."

"알았네, 장사에 도착하면 춘부장께 안부를 전해주게. 자당께도 그리해 주고."

"자네도 함께 가면 좋겠지만, 자네도 새해는 부모님과 함께 보내야 하겠지?"

"당연히 그래야지. 아무튼 몸 조심히 다녀오게."

주유의 말에 손책은 말없이 고개만 끄덕였다.

이처럼 손책이 부모님과 동떨어진 여강에서 홀로 지내는 것에는 그만한 이유가 있었다.

손견이 반동탁 연합에 참가하자 주유의 가문에서 그에게 땅을 내어주어 부지로 사용할 수 있게 도와주었다.

이때의 인연으로 손책은 한동안 어머니를 모시고, 어린 동생들과 함께 주유의 저택이 있는 서현에서 생활을 했었다. 그러다 부친이 반동탁 연합에서 돌아오자 손책만 서현에 남게 되었고 나머지 식솔들은 장사로 옮겨가서 살게 되었다.

그러던 중에 손책은 원단을 부모님과 함께 보내기 위해 장사로 길을 떠나게 된 것이다.

한편, 그 무렵의 장사태수 손견은 원술에게서 형주의 유표를 공격하라는 밀지를 받고 여러 날을 고민한 끝에 마침내 거병하기로 결정을 내렸다.

손견은 부인 오씨의 만류와 동생 손정의 반대에도 불구하고 형주를 공격하기로 결정을 내려 버렸다.

본래 급한 성격인 손견이기는 하였지만 그런다고 무모한 인사는 아니었다. 하지만 이때 손견은 마치 귀신에게 혼을 빼앗기기라도 하였는지 주변의 반대를 전혀 귀담아듣지 않았다.

그러자 주변에서 그런 손견을 보며 불안해하는 것은 당연한 일이었다.

오늘도 병사들의 막바지 훈련을 참관하고 관사로 돌아오는 손견이었다.

그가 관사에 돌아오자 동생 손정이 기다렸다는 듯이 다가가며 말했다.

"형님, 정말 형주를 치실 생각이십니까?"

"어허! 너마저 내 앞길을 막을 참이더냐!"

"형님! 대체 왜 이러십니까! 형수님과 어린 자식들은 안중에도 없는 것입니까!"

그 말에 걸어가던 걸음을 멈추더니 돌아서는 손견이었다.

"정아, 내 어찌 처자식이 눈에 밟히지 않겠느냐. 하나, 유표는 내게 씻을 수 없는 치욕을 주었다. 이를 되갚지 않는다면 땅에 떨어진 내 위신은 영원히 회복할 수 없을 것이다."

"하지만……."

손견은 동생 손정의 말을 더 이상 듣기가 싫은지 몸을 돌려 후원으로 가버렸다.

"어찌했다 말인가… 답답하구나."

그런 형을 바라보는 손정은 차마 더 이상은 반대를 할 수가 없었다.

자신의 형은 일군(一郡)을 통치하는 태수다.

속현을 다스리기 위해서는 위엄과 명이 바로 서야만 했다.

그런데 형은 지난날 유표에게 패하였고, 그로 인해 태수로서의 위엄에 치명상을 입고 말았다.

나라가 평안했다면 크게 문제 될 것이 없겠지만, 지금처럼 혼란스러운 시기라면 태수의 권위는 무엇보다도 중요했다.

한 번 위신을 손상당한 태수는 속관들에게 명이 서지 않게 될 것이고, 그로 인해 도태되고 말 것이란 생각이 들었다. 그런 이유로 그는 힘없이 왔던 길을 돌아가야만 했다.

마치 혼을 빼앗긴 사람처럼, 손견은 주변의 반대에도 불구하고 형주를 공격할 준비에 들어갔다.

장강을 건널 군선(軍船)을 준비하고, 군마에게 먹일 마초와 무기들을 준비하였다. 또한 수전에 대비하여 대규모 수상진법 훈련에 매진하였다.

그렇게 장사 일대는 형주의 양양을 공격하기 위한 대규모 군사기지로 변모되어 갔다.

그러던 어느 날 손견의 장남 책이 마침내 장사에 도착했다.

손책은 장사에 도착하자마자 어머니부터 만났다.

태수부의 후원 내당에서 모친을 만난 손책은 분위기가 이상하다는 것을 감지했다.

오 부인은 오랜만에 만난 장남이 반갑기는 하였지만, 남편의 일 때문에 얼굴에 수심이 가득했다.

"어머니, 무슨 일이 있으신지요? 안색이 어둡습니다."

"네 아버님 때문에 어미의 마음이 한시도 편하지 못하구나."

"그게 무슨 말씀이세요?"

"실은 네 아버님께서 얼마 전에……."

오 부인은 장남 손책에게 그동안의 일들을 자세히 알려주기 시작했다.

원술의 밀지를 받아 형주를 치려고 한다는 것을 알려주었고, 지금 한창 군사훈련 중이라고 설명하는 오 부인이었다.

모친의 그런 설명을 듣자 손책은 며칠 전에 꾸었던 불길한 꿈이 떠올랐다. 그러나 손책은 차마 모친에게 그런 꿈을 얘기할 수가 없어 그대로 자리에서 일어서며 말했다.

"제가 아버님을 만나보겠습니다."

"그래 보거라, 다른 사람이라면 몰라도 장남의 말이라면 귀담아들으실 게다."

"예, 다녀오겠습니다."

태수부의 관사를 빠져나온 손책은 곧바로 부친이 있는 병영으로 걸음을 옮겼다.

손책은 병영으로 가는 길에 숙부 손정을 만나게 되었고, 그와 함께 수군을 조련하는 훈련장으로 향했다.

두 사람은 포구에서 외진 곳에 있는 훈련장에 도착하였는데, 엄청난 규모에 놀라 입을 다물 줄을 몰랐다. 수십 척의 대선을 중심으로 하여 크고 작은 군선들이 진형을 유지한 채로 훈련을 하고 있는 모습이었다.

둥!

둥… 둥!

요란한 북소리에 따라 수군들은 일사불란한 모습으로 훈련에 임하고 있었다. 그런 광경을 바라보던 손책이 감탄했다.

"숙부님, 대단합니다. 장관입니다!"

"저런 것을 보니 형님께서 단단히 결심을 하신 것 같구나."

"아무래도 아버님을 설득시키는 것은 어려울 것 같습니다."

"들어가자."

손책과 그의 숙부 손정은 병영의 위병들이 지키고 있는 관문을 지나 천천히 비탈길을 내려갔다. 경사가 완만한 비탈길을 얼마 걷지 않아 커다란 막사가 나타났고, 손견은 막사 앞에 있는 높다란 단상에 올라 훈련을 지켜보고 있었다.

손책은 서둘러 걸음을 옮기더니 부친의 등을 바라보며 크게 소리쳤다.

"아버님!"

한창 병사들의 훈련을 지켜보고 있었던 손견이었다.

그는 갑자기 들려온 아들의 음성에 환하게 표정이 밝아지더니 뒤를 돌아보았다.

"책아!"

"그동안 강녕하셨습니까?"

"오! 우리 아들이 이제는 믿음직한 사내가 되었구나!"

손견은 공손히 인사를 하는 장남을 흐뭇하게 바라보면서

단상을 내려갔다.

그는 열일곱이라는 나이가 믿기지 않을 정도로 성장한 장남을 품에 와락 껴안았다.

"하하하, 우리 아들이 이제는 혼인을 해도 되겠구나!"

그러면서 손견은 아들의 등을 몇 번 토닥거려 주다가 품에서 풀어내며 물었다.

"언제 온 것이더냐?"

"조금 전에 당도하였습니다."

"잘 왔다, 안으로 들어가자. 이보게, 덕모(정보의 자)!"

손견의 부름에 그의 뒤에서 시립하고 있었던 정보가 공손히 답을 해왔다.

"예, 주공."

"오늘 훈련은 덕모 자네가 마무리를 하게."

"예, 그렇게 하겠습니다."

"어서 들어가자. 그동안 어떻게 지냈는지 궁금하구나."

손견이 아들을 이끌고 막사 안으로 들어갔다. 오랜만에 보는 장남이라 그런지 그의 얼굴에는 화사한 웃음꽃이 피어 있었다.

손견은 자신의 자리인 중앙 서탁으로 가서 앉았고, 손책과 뒤따라 들어온 손정은 서로를 마주 보며 자리를 잡았다.

"이제 아주 온 것이더냐?"

"아닙니다, 다음 달이면 원단이지 않습니까. 그래서 오게 되었습니다."

"그럼 다시 돌아간다는 말이더냐?"

"그럴 계획입니다. 아버님, 왜 갑자기 군사들을 훈련시키시는지요?"

장남의 물음에 손견은 갑자기 표정이 굳어졌다.

그러더니 자신의 동생을 험악한 눈빛으로 바라보았다.

그러자 슬그머니 시선을 외면해 버리는 손정이었다.

"동생, 괜한 소리를 하였네."

"아버님, 저는 숙부님께 자세한 얘기를 듣지 못했습니다."

"커험……!"

한차례 헛기침을 하였던 손견은 눈을 감았다.

그는 옥새를 가지고 장사로 돌아오던 날을 회상하다 유표에게 일격을 당한 기억이 떠올랐고, 분한 마음을 참기 위해 주먹을 쥔 손에 잔뜩 힘을 주었다.

"너도 아비가 옥새를 취했다는 소문을 들었느냐?"

"예, 듣기는 했는데, 사실입니까?"

"사실이다, 네 어머님께 맡겨두었다."

순간 손책은 놀라고 말았다.

부친이 옥새를 얻었다는 소문을 듣기는 했었지만 뜬소문으로 치부해 버린 그였다. 그런데 부친의 입으로 사실이라고 밝히니 자신도 모르게 긴장이 되었다.

"너도 아비가 옥새 때문에 이런다고 생각하는 것이냐?"

"아, 아닙니다!"

"그리 생각을 했다니 고맙구나. 아비는 지난날의 치욕을 만회하기 위해서 이번 일을 거행하는 것이다!"

"그럼 형주의 유표를 친다는 것이 사실이군요?"

"너도 눈으로 보았으니 굳이 내가 말하지 않아도 알 것이다."

"형님, 지금이라도 늦지 않았습니다. 결정을 철회하시지요."

쾅!

손견은 갑자기 서탁을 내려쳤다.

그는 무서운 표정으로 동생을 노려보았다.

"동생은 내가 지난날의 치욕을 씻으려고 한다는 것을 정녕 모른다는 것인가!"

"형님!"

"도움을 주지는 못할망정 어찌 사사건건 반대만 하는 것인가! 그러고도 동생이 나와 피를 나눈 형제라 할 수 있는 것인가!"

갑자기 분위기가 험악하게 변하자 손책이 다급히 나섰다.

"아버님의 뜻이 그러하시다면 저도 출전을 하고 싶습니다."

"책아! 너마저!"

손책의 그런 말에 두 사람이 놀란 표정으로 동시에 바라보았다.

손정은 당연히 형을 설득하여 결정을 철회하기를 바랐는데, 조카에게서 그런 말을 들으니 놀랄 수밖에 없었다.

반면에 손견은 장남이 자신의 뜻을 알아주는 것만 같아서 호탕하게 웃었다.

"하하하, 역시 내 아들답다! 오냐! 너도 함께 가도록 하자!"

"예, 그렇게 알고 준비하겠습니다!"

"허허… 이게 무슨……."

죽이 척척 맞는 부자의 모습에 손정은 몸에서 힘이 쭉 빠져나가 버리는 것만 같았다.

손책이 부친과 함께 출전을 결정한 것에는 그만한 이유가 있었다.

첫째로 손책 또한 부친의 명예를 회복시켜 드려야겠다고 생각하였다.

이미 많은 준비가 이루어지고 있는 상황이었고, 이제 와서 부친의 결정을 번복하기에는 너무 늦었다고 생각해서 그런 결정을 내린 것이었다.

둘째는 며칠 전에 꾸었던 불길한 꿈이 떠올랐기 때문이었다.

당연히 부친이 결정을 거둔다면 그보다 좋을 수는 없겠지만, 그럴 가능성은 없어 보였다.

이에 손책은 자신이 부친의 곁에 머물면서 지켜 드릴 생각으로 출전을 결심했다.

그렇게 결정이 나자 손견은 막바지 훈련에 박차를 가했다.

하지만 세상에는 아무리 숨기고 싶어도 영원한 비밀은 존재하지 않는 법이었다.

                    *   *   *

그 무렵의 형주(荊州).

유표는 옥새 때문에 손견과 충돌이 발생하자 은밀하게 그의 동태를 감시토록 하였다.

때문에 손견의 움직임은 끝내 형주자사 유표에게 전해지게되었다.

유표는 손견이 대규모 군사훈련을 비밀리에 진행 중이라는 소식을 듣게 되자 은밀하게 책사 괴량을 호출했다.

드넓은 후원 정원의 연못 근처에 있는 유표가 보였다.

그의 한 손에는 작은 종지가 들려 있었다. 그는 안에 들어 있는 것을 집어 연못에 뿌렸다.

첨벙!

첨벙!

유표가 연못에서 노닐고 있는 먹이를 주자 잉어들이 요란한 소리를 내며 모여들었다.

그런 유표를 향해 중년의 사내가 공손히 허리를 숙이며 인사를 했다.

"주공, 부르심을 받잡고 왔습니다."

그러자 그 사내에게로 고개를 돌리는 유표였다.

"이보게, 자유(괴량의 자)."

"예, 주공."

"자네의 얼굴을 보니 갈수록 병세가 깊어지는 것 같네. 약은 제대로 먹고 있는 것인가?"

"고질병인지라 그다지 효험이 없습니다."

"날이 차니 저리로 가세."

그러면서 유표는 연못가 한편에 있는 정자로 향했다.

그를 뒤따르는 괴량은 현명하고 천문, 지리에 밝았다. 하지만 고질적인 병을 앓고 있는 것이 흠이었다.

유표가 정자 안으로 들어가 자리를 잡고 앉자 괴량은 그의 옆에 앉았다.

"이보게, 자유."

"예, 주공."

"손견이 발칙하게도 내게 보고도 하지 않고서 비밀리에 대규모 군사훈련을 하고 있다고 하네."

유표의 말에도 괴량은 마치 이런 일이 발생할 것을 예상이라도 한 것처럼 놀라지 않았다.

자신의 말에도 한 점 흐트러짐 없는 괴량을 보자 안심이 되는 유표였다.

"역시 손견 그자는 가만히 있지를 않는군요. 그때 그자를 죽이지 못한 것이 너무나 아쉽습니다."

괴량이 말하는 그때라는 것은 손견이 옥새를 가지고 임지로 돌아가던 시기를 말하는 것이다.

그의 말을 듣자 유표 또한 아쉬운 듯 표정이 변해갔다.

"자네의 말처럼 그때 문대(손견의 자) 그자를 죽이지 못한 것이 한스럽네. 이제 지난 일은 그만 잊고, 앞으로 어찌해야겠는가?"

"주공께서도 아시겠지만 손견은 용맹하고, 그를 따르는 병사들은 훈련이 잘되어 있는 정예병들입니다. 아무래도 원소에게 구원을 청하시지요."

"원소에게 구원을 청한다… 다른 방도는 없겠는가?"

"주공께서 형주를 통치하신다지만 각지에 흩어져 있는 병사들을 소집하고, 훈련을 하기에는 시일이 촉박하지 않겠습니까?"

"그렇기는 하지. 그런데 원소에게 도움을 청하면 반드시 그에 상응하는 대가를 지불해야만 하네. 아무래도 그것은 어렵겠네."

괴량은 유표의 거절에 아쉽기는 했지만 그런다고 자신이 결정을 내릴 수는 없다고 생각했다. 자신은 계책을 진언할 뿐이고 결정은 주공의 몫이라고 여기는 괴량이었다.

"독자적으로 손견을 막을 방안이 없겠는가?"

"그러시면 수군으로 하여금 손견의 군대가 상륙하는 것을 막으셔야 합니다."

"아무래도 그 수가 최선 같군. 그리하지."

"그럼 누구에게 출전을 명하실 생각이신지요?"

"황조에게 손견을 막으라고 하세."

그런 결정에 괴량은 차마 말은 못 하였지만 달갑지가 않았다.

부중에는 수군 지휘에 뛰어난 채모라는 장수가 있었다. 그럼에도 유표가 그를 외면한 것에는 내부 사정이 복잡하기 때문이었다.

유표에게는 두 아들이 있었는데 장남은 유기였고, 차남은 유종이었다.

훗날에는 차남을 후계로 생각하는 유표였지만, 아직까지는 장남을 후계로 생각하고 있었다.

차남 유종은 유표의 후처 채씨의 소생이었고, 채모는 그런 채씨의 동생이었다.

훗날 결심을 번복하는 유표지만, 현재는 자신의 후계로 장남 유기를 염두에 두고 있었기에 채씨 남매를 견제하는 중이었다.

그러기에 수군 지휘 능력이 뛰어난 채모를 제쳐두고 황조를 선택하였다.

괴량은 그런 내막 때문에 황조에게 수전의 지휘를 맡기겠다는 유표의 결정이 불안하게만 여겨졌다.

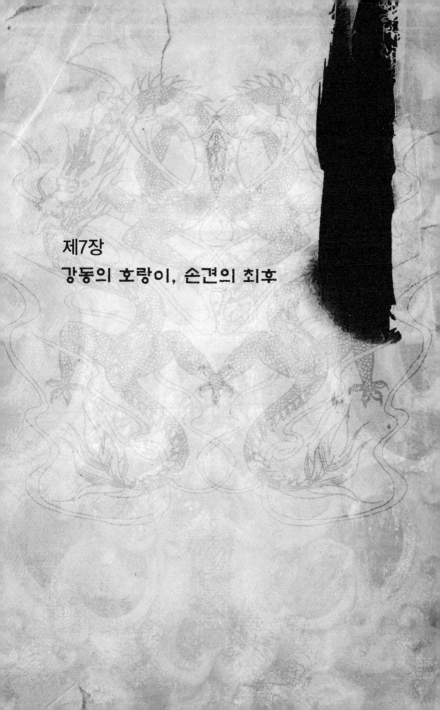

제7장
강동의 호랑이, 손견의 최후

유표는 손견을 막아내기 위해 황조를 지휘관으로 삼았다.

그러면서 양양으로 상륙하려는 손견의 군대를 막아내라는 지시를 내리게 된다.

한편, 손견은 모든 준비를 마치고 장사를 출발하여 형주의 양양으로 진군했다.

이때 손견은 장남 손책을 비롯해 정보, 한당, 황개 등을 대동하여 빠르게 이동하였다.

손견이 장사를 떠나고 며칠 후 마침내 양양성 인근에 도달하게 되었다.

휘이잉!

휘잉!

뱃전에서 초겨울 장강의 매서운 강바람을 온몸으로 부딪치
는 손견과 그의 장남 손책이 보였다. 그리고 손견의 곁에는 언
제나 그를 호위하는 무장인 정보가 굳은 표정으로 정면을 바
라보고 있었다.

손견은 유표가 대비하기 위해 수상에 많은 군선을 배치한
것보다 다른 것이 마음에 걸렸다.

"덕모(정보의 자)."

"예, 주공."

"공로(원술의 자)에게서 아무런 연락이 없는 것인가?"

"예, 아직 연락이 없습니다."

"흐음……."

손견은 자신과 함께 유표를 치자고 제안했던 원술의 군대
가 아무런 소식이 없자 점점 불안해졌다. 그런 사정은 그의
장남 손책을 비롯하여 여러 장수들도 알고 있는 상태였다.

그런 이유 때문에 손견은 섣불리 독자적으로 상륙할 엄두
가 나지 않았다.

"덕모, 양익에 연락하여 적들이 가까이 오지 않으면 대응하
지 말라고 하게. 대기하면서 공로의 군이 오기를 기다린다."

"예, 주공."

손견은 원술의 군이 약속한 날보다 늦는다고 판단을 하고
는 그런 지시를 내렸다.

그러자 손견의 군대와 황조의 수비군들은 일정한 간격을
두고 장강에서 대치하는 국면으로 들어서게 되었다.

다음 날이 되자 황조는 무언가 이상하다는 생각을 하게 되
었다.

손견이 저렇게 꼼짝을 하지 않는 것은 분명 꿍꿍이가 있다
고 보았다.

황조는 손견이 원술에게서 밀지를 받았다는 사실은 모르
고 있지만, 시간을 끌면 적을 이롭게 한다고 판단을 내렸다.

그에 황조는 선제공격을 결정했다.

그는 좌, 우익을 맡은 장호와 진생에게 손견을 공격하라는
지시를 내렸다. 그러면서 손견이 무언가 숨겨둔 계책이 있을지
도 모른다는 생각에 화살 공격만 하도록 하였다.

그런 명령을 하달받은 장호와 진생은 화살을 끝없이 쏘아
대기 시작하였다. 그들이 화살을 한 번씩 발사할 때마다 강위
로 시커먼 그림자가 생겨날 정도로 엄청난 양을 퍼부어댔다.

그럼에도 손견은 병사들에게 화살을 막아내고, 불화살로
인해 배에 불이 붙으면 즉각 소화하라는 지시만을 내릴 뿐이
었다.

그렇게 3일 동안 손견은 원술의 군이 오기만을 기다렸다.

그러는 와중에도 황조의 군대는 수시로 화살 공격을 해왔다.

무엇을 그리도 두려워하는지 황조는 여전히 직접적인 교전은 피하면서 오로지 화살을 이용한 원거리 공격만을 해오는 것이었다.

교전 발발 4일째 되는 이른 아침.

일교차가 심해서인지 그날따라 장강 일대에는 한 치 앞을 볼 수 없을 정도로 짙은 안개가 깔려 있었다.

그런 짙은 안개를 뚫고 은밀히 움직이고 있는 손견의 선단이 보였다.

손견은 대장선의 누각에서 전방을 주시하고 있었다.

얼마나 그렇게 이동을 하였는지는 모르지만, 손견은 전방에 흐릿하지만 배들이 보이자 적선이라고 생각하여 곁에 있는 정보를 바라보고 소리쳤다.

"명적을 쏘게!"

"예!"

손견의 지시를 받은 정보가 들고 있던 활에 화살을 걸더니 불을 붙였다. 그러고는 허공을 향해 시위를 힘껏 잡아당겼다.

퉁!

삐이이익!

정보가 쏘아 보낸 신호용 화살 명적은 허공으로 치솟으며 요란한 소리와 불의 궤적을 동시에 만들어냈다.

그러자 그 신호를 받은 손견의 선단에서 일제히 전방을 향해 불화살을 쏘아대기 시작했다.

허공을 가득 메운 불화살은 끊임없이 황조의 선단이 있는 곳으로 날아갔다.

지난 3일 동안 황조가 화살만으로 공격을 해온 덕분에 손견의 선단에는 화살이 넘칠 정도로 남아돌았다. 그 때문에 손견의 병사들은 거침없이 불화살을 쏘아댔다.

"불을 꺼라!"

"응사하라!"

갑작스러운 기습 공격을 받은 황조의 병사들이 외치는 소리를 손견의 병사들이 들을 정도였다.

안개 너머에서 황조의 병사들이 응사를 해왔지만, 그 수는 확실히 지난 3일의 공격 때보다 적었다.

어느새 강가에는 화염을 토해내며 불타는 배들로 가득했고, 시커먼 연기는 불길이 거세다는 것을 짐작하게 만들어줄 정도였다.

손견은 어차피 상륙을 목적으로 하였기에 황조의 선단과 일정한 간격을 유지하며 화살을 쏘아대라는 지시를 하달한 상태였다.

그런 지시를 받은 손견의 부장 한당과 황개는 분주히 움직이며 병사들을 독려했다.

그렇게 손견의 선단은 쉴 틈도 없이 화살을 쏘아댔다.

서서히 시간이 지나 안개가 사라지자 손견과 그의 장남 손책은 전황을 눈으로 확인할 수가 있었다. 강가에는 불타 버린 군선의 잔해가 곳곳에 보였고, 황조의 군사들은 도망쳤는지 보이지도 않았다.

그렇게 손견은 손쉽게 서전을 승리로 장식하였고, 서둘러 병력을 상륙시켰다.

손견에게 일격을 당한 황조는 부득이하게 군을 물려야만 했다.

그는 양양 인근에 위치한 등현에서 군을 재정비하기에 이르렀다.

하지만 황조는 기세가 오른 손견의 군대를 상대하기에는 역부족이었고, 부장 장호가 손견의 부하 장수 한당에게 죽임을 당하고 말았다. 더구나 황조의 또 다른 부장인 진생은 도망치는 와중에 손책의 화살에 맞아 그 자리에서 죽어버렸다.

이에 황조는 황급히 양양성으로 도망쳐야만 했고, 손견의 군대는 파죽지세로 진격하기에 이르렀다.

유표는 농성을 하자고 주장한 괴량의 말을 무시하고, 채모에게 병력 1만을 주며 손견을 상대하라는 지시를 내렸다.

하지만 채모는 수전이라면 뛰어난 능력을 보이지만, 육전에서는 손견의 상대가 될 수 없었다.

채모는 1만의 병력으로 현산(峴山)에서 손견과 교전을 벌였지만, 병력의 절반이나 잃고 양양성으로 도망쳐 간신히 살아남게 되었다.

기세가 오른 손견의 군대는 양양성을 포위하였고, 유표는 독 안에 갇힌 쥐나 다름없는 처지로 전락하게 되었다.

*　　　*　　　*

양양성을 포위한 손견의 진영.

손견의 막사에는 장남을 비롯한 그의 부하 장수들과 함께 공성을 위한 계획을 의논하고 있었다.

그들이 한창 회의를 진행하고 있는 와중에 갑자기 막사 밖에서 웅성거리는 소리가 들려왔다.

그런 소리에 손견의 표정이 굳어져 갔다.

"공복(황개의 자), 무슨 일인지 알아보게."

"예, 주공."

손견의 지시에 털북숭이처럼 생긴 황개가 막사 밖으로 나갔다.

대장기를 게양한 곳에 많은 병사들이 모여 있는 것이 보여 황조가 소리쳤다.

"무슨 일이냐!"

황개의 외침에 모여 있던 병사들이 일제히 그를 바라보더니 길을 터주었다.

그는 대장기를 게양한 곳으로 걸어가다 놀라운 것을 발견하게 되었다.

손견의 이름이 적혀 있는 대장기가 반으로 부러진 채 바닥에 널브러져 있는 것이었다.

"이게 무슨 일이냐!"

"갑자기 돌풍이 불더니 이렇게 대장기가 부러졌습니다."

"예, 갑자기 그랬습니다."

주변의 병사들이 그처럼 말하자 순간 불길한 생각이 드는 황개였다.

그는 바닥에 널브러져 있는 손견의 대장기를 황급히 수습하더니 막사 안으로 들어갔다.

손견은 막사 안으로 들어오는 황개를 보며 물었다.

"공복, 무슨 일인가?"

"주공, 이걸 보시지요."

황개가 굳은 표정으로 손견 앞에 부러진 대장기를 내려놓았다.

그러자 모두들 놀란 표정으로 황개를 바라보았다.

"주공, 돌풍이 불어 갑자기 대장기가 부러졌다고 합니다."

"흐음……."

황개의 설명에 손견은 신음을 토해내며 부러진 깃발을 바라만 보았다.

그러자 부하 장수들 중에 가장 연장자인 정보가 조심스럽게 말하기 시작했다.

"주공, 대장기가 갑자기 부러진 것은 매우 상스럽지 못한 일입니다. 아무래도 불안합니다. 그러니 군을 물리시지요."

"그게 무슨 말인가! 내가 고작 저따위 미신을 믿을 것 같은가!"

"주공, 이만 군을 물리시지요."

"예사로운 일이 아닙니다, 군을 물리시지요."

"어허! 그게 무슨 말인가!"

정보가 그렇게 한번 물꼬를 트자, 손견의 부하 장수들이 일제히 군을 물리자고 주장했다.

그러나 손견은 미신 따위는 믿을 것이 못 된다고 하면서 공격을 강행하라는 지시를 내리고 말았다.

그날 밤, 양양성의 성곽.

괴량은 하늘을 뚫어져라 살피고 있던 중 갑자기 한 줄기 별똥별이 길게 꼬리를 만들고 떨어지는 것을 보게 되었다.

"흐음……."

천문에 밝은 괴량은 조금 전에 보았던 것이 강동의 호랑이로 불리는 손견의 수명을 관장하던 별이라고 파악했다. 그러면서 이를 손견의 수명이 다했다는 뜻으로 받아들였다.

괴량은 입가에 의미심장한 미소를 만들면서 성곽을 내려가더니, 조당으로 여러 관리들과 무장을 불러들였다.

괴량이 조당에서 잠시 기다리자 유표를 비롯한 관리들이 모여들었다.

유표는 야심한 시각에 괴량이 사람들을 호출한 것이 예사롭지가 않아 물었다.

"자유, 야심한 시각에 모두를 소집한 것은 아무래도 특별한 이유가 있는 것이겠지?"

"예, 주공. 제가 잠시 전에 천문을 살펴보니 조만간 손견이 죽을 것 같사옵니다."

"오! 그런가!"

"예! 그러니 이번 기회에 원소에게 구원을 청하는 서신을 보내시지요."

"그럼 서신을 가지고 가야 하는데, 누가 적임이겠나?"

그러자 조당에 모여 있던 관리들 중에 한 사내가 벌떡 일어났다. 모두들 그를 보니 형주 일대에서 맹장으로 유명한 여공(呂公)이었다.

"주공, 제게 그 일을 맡겨주시면 반드시 완수하겠나이다."

"오! 여공이라면 믿음이 가지!"

유표는 일필휘지로 원소에게 구원을 청하는 서신을 적어 괴량에게 주었다.

그것을 받은 괴량은 여공과 함께 조당을 나서면서 은밀히 말하기 시작했다.

"여공, 내 말을 잘 들으시오."

"예, 말씀하시지요."

"손견이 바보가 아닌 이상 원소에게로 가는 길목은 모조리 차단하여 단단히 대비하고 있을 것이오."

"각오하고 있습니다."

괴량의 말에 여공은 굳은 표정으로 답하며 자신의 결기를 내보였다.

그러자 입가에 엷은 미소를 만들며 말하는 괴량이었다.

"그러니 그대는 원소에게 가지 말고, 내일 야밤에 오백의 병사들을 은밀히 움직여 현산으로 가시오."

"현산이라면 반대쪽이 아닙니까? 그곳은 적들의 진영이 있는 곳입니다."

"하하하, 등하불명이라고 하지 않소. 손견은 필히 현산에는 방비를 세우지 않았을 것이오. 그대는 은밀히 그곳으로 가서 병사들을 계곡에 매복시켜 두시오. 그런 후에 손견을 유인한다면 그자는 필히 그대를 추격할 것이오. 그때 이리저리 움직

이다 손견을 매복한 곳으로 유인하여 돌과 화살로 공격하시
오."

괴량의 말을 듣자 여공은 자신도 모르게 고개를 끄덕거렸
다.

"운이 좋아 손견을 죽인다면 즉시 명적으로 신호를 보내시
오. 그럼 성에서 빠져나와 적들을 공격할 것이오."

"알겠습니다. 그리하지요."

"위험한 일이니 몸조심하시오."

"걱정 마십시오!"

그렇게 괴량의 지시를 받은 여공은 다음 날 날이 어두워지
자 오백의 병사들을 대동하여 은밀하게 움직였다. 그리고 현
산에 도착하자 괴량의 지시대로 계곡의 양쪽에 병사들을 매
복시켜 두었다.

준비를 모두 마친 여공은 수십의 병사를 대동한 채로 손견
의 진영으로 향했다.

*   *   *

191년 초평(初平) 2년, 동짓달(음력 11월).

희미한 달빛 아래 바람 한 점 없는 야심한 밤, 손견은 자신
의 막사에서 깊은 잠에 빠져 있었다.

그러던 중 손견은 잠결에 이상한 소리가 들리자 눈을 떴다. 게슴츠레 눈을 뜬 손견은 막사 밖에서 들려오는 소리에 놀라 벌떡 몸을 일으켰다.

"적이다!"

"적이다!"

귓전을 때리는 소리에 놀란 그는 황급히 자신의 애병(愛兵) 고정도(古錠刀)를 챙겨 들고 막사 밖으로 뛰쳐나갔다.

손견은 병사들이 우왕좌왕하는 모습을 보이자 지나가던 한 병사를 붙잡아 물었다.

"이게 무슨 일이냐!"

"주공, 적들의 기습이라고 합니다!"

"기습! 몇이나 되는 것이냐!"

"자세히는 모르고, 수십의 적들이 현산 방면으로 도주하고 있다고 합니다!"

그러자 손견은 근처에 있던 말에 올라타더니 주변을 둘러보며 소리쳤다.

"모두 나를 따르라!"

그러면서 말을 몰아 현산 방면으로 내달리는 손견이었다.

병사들은 갑자기 손견이 말을 몰아 내달리자 놀라서 그를 따라갔다. 그러나 워낙에 경황이 없는 중인지라 그를 따르는 병사라고 해보아야 50명이 되지도 않았다.

더구나 손견은 자다가 나온 상태라 갑옷을 입지도 않은 상태로 말을 몰고 있었다.

얼마 가지 않아 아군 병사들을 죽이고 있는 여공이 손견의 눈에 들어왔다.

손견은 수십의 적병들이 자신의 병사들을 도륙하는 것에 분기탱천하여 고정도를 치켜들며 소리쳤다.

"강동의 호랑이 손견이 여기 왔다! 게 섰거라!"

여공이 그 소리에 급히 고개를 돌려보니, 갑옷을 입지도 않은 손견이 말을 몰아오는 것이 보였다.

"퇴각하라!"

손견을 발견한 여공이 크게 소리치며 말을 몰아 현산 방면으로 도망쳤다.

그러자 손견은 황급히 그의 뒤를 쫓았다.

여공은 마치 잡힐 듯이 아슬아슬하게 손견과 거리를 유지하면서 산으로 유인하였다.

손견은 그런 여공의 얍삽한 모습에 자신이 처한 사정은 생각지도 않았다. 오직 여공을 붙잡기 위해 혈안이 되어 있었다.

한편, 현산 인근의 계곡.

현산 계곡에 매복하고 있는 병사들 사이에 유표의 부하 장수 황조가 보였다.

지난날 손견에게 제대로 저항도 못 해보고 패했던 황조였다.

황조는 지난 패전을 만회하고자 절치부심(切齒腐心)하였다. 그러던 중에 괴량과 여공이 조당 밖에서 은밀히 나누는 얘기를 듣게 되었다.

그는 곧바로 괴량에게 청하여 자신도 함께 싸우고 싶다고 간청하였다.

괴량은 아무리 패장이라지만 황조의 인물 됨을 잘 알고 있었고, 그에게 설욕할 기회를 주어야겠다고 생각하며 허락을 했다.

이에 황조는 여공의 부장이 되는 수모를 감수하면서 현산의 계곡에 숨어 손견이 나타나기만을 기다리고 있었다.

"잡아라!"

"퇴각하라!"

서서히 동이 틀 무렵, 황조는 계곡의 초입에서 요란스러운 소리가 들려오자 마침내 손견이 온다고 생각했다. 그는 황급히 주변의 병사들에게 소리쳤다.

"준비하라!"

황조의 지시에 계곡 양편에서 매복하고 있었던 병사들이 각자 활을 들거나, 커다란 돌에 손을 올려둔 채로 전투준비에 들어갔다.

잠시 시간이 지나자 여공이 병사 수십을 대동하고 헐레벌떡 계곡을 오르는 모습이 보였다.

그리고 그의 뒤를 겨우 수십의 병사들과 함께 추격하는 손견이 보였다.

매복하고 있던 황조는 활에 화살을 걸더니 자리에서 일어나 천천히 손견을 조준했다.

그런 것도 모른 채 손견은 오로지 여공을 잡고자 계곡을 올라갔다.

손견을 노리던 황조가 순간 숨을 멈추더니 가볍게 시위를 놓았다.

퉁!

황조의 손을 떠난 화살은 빛살처럼 날아가 손견의 가슴에 정통으로 꽂혔다.

"컥!"

손견이 화살에 맞아 쓰러지는 것을 확인한 황조가 칼을 빼들며 소리쳤다.

"공격하라!"

황조의 외침에 매복 중인 병사들이 벌떡 일어나 화살을 쏘고, 돌을 던져대기 시작했다.

손견은 갑자기 날아온 화살에 당한 것으로도 부족하여 허공을 날아온 커다란 돌에 정통으로 머리를 맞고 말았다.

"컥!"

"주공!"

"주공!"

"적장 손견이 죽었다! 적을 섬멸하라!"

손견이 돌에 맞아 외마디 비명을 지르자, 놀란 병사들이 달려가서 그를 에워쌌다.

병사들이 손견의 상태를 살펴보니 화살에 맞은 것도 중한 상처였지만, 무엇보다도 날아온 돌에 맞아 머리가 깨져 허연 뇌수가 보이는 것이 즉사를 면하기 어려워 보였다.

손견이 현장에서 즉사하자, 병사들은 어떻게든 시신만이라도 보존하려고 하였다.

하지만 매복하고 있었던 유표의 병사들에게 모조리 죽임을 당하고 말았다.

마침내 숙적 손견을 죽인 여공은 즉시 명적을 쏘아 양양성으로 신호를 보내게 했다.

삐이이익!

삐이익!

괴량과 약속한 대로 연거푸 두 대의 명적을 발사하자 여공은 산비탈을 내려온 황조에게 다가가더니 환하게 웃으며 말했다.

"황 장군! 감축드리오! 큰 공을 세우셨소이다!"

"아직 전투가 끝나지 않았소이다. 나는 본대와 합류하여 적들을 주살할 것이니, 여 장군은 저자의 시신을 성으로 옮기도록 하시오."

"그리하지요!"

그런 결정을 내린 황조는 현장을 정리할 병사 십여 명을 남겨두고 계곡을 내려갔다.

한편, 괴량은 양양성에서 초조한 마음으로 신호가 오기만을 기다렸다.

그러던 중에 약속대로 두 대의 명적이 현산에서 치솟는 것을 보게 되었다.

괴량은 그 신호가 손견이 죽었다는 것으로 파악을 하고는 소리쳤다.

"적장 손견이 죽었다! 성문을 열어라!"

괴량의 지시에 육중한 양양성 문이 열리더니 대기하고 있었던 병력들이 일제히 쏟아져 나오기 시작하였다.

괴량은 병사들의 사기를 올리기 위해 성문 앞에서 소리쳤다.

"두려워하지 마라! 손견이 죽었다! 적장이 죽었다!"

괴량의 그런 외침에 병사들은 그제야 돌아가는 상황이 파악되었고, 일시에 전의를 불태우게 되었다.

그 무렵 손책과 여러 장수들은 사라진 손견을 찾기 위해 정신이 없을 정도였다.

손견이 수십의 병사들만 이끌고 적을 쫓아갔다고 하자, 손책은 부친의 안위가 걱정되어 불안하기만 하였다.

"공격하라!"

"우와아아아!"

"우와아아!"

갑자기 양양성에서 엄청난 수의 적들이 쏟아져 나오자 손책이 기겁을 했다.

그는 곁에 있는 정보에게 다급히 물었다.

"아저씨! 적들입니다! 어찌해야 합니까!"

"소주공, 우선은 적을 맞아 싸워야 합니다!"

"하지만 아버님께서!"

"주공께서는 괜찮으실 겁니다! 적에게 밀리면 큰일입니다!"

손책은 부친을 찾는 것에 매달리면 병력을 모두 잃을 수 있다는 생각에 소리쳤다.

"전투준비!"

손책의 지시가 떨어지자 병사들은 수색을 멈추고 진형을 갖추기 시작하였다.

그러고는 이내 유표의 군과 치열한 교전에 들어갔다.

양측 모두 사생결단으로 전투를 벌였고, 치열한 교전으로 인해 발생한 사상자는 그 수를 헤아리기가 어려울 정도였다.

치열한 전투 중에 여공은 그만 손견의 부하 장수 정보에게 죽임을 당했다.

또한 배를 지키는 임무를 부여받았던 황개는 교전이 발생하자 수군들을 이끌고 양양성으로 향했다. 그러던 중에 황개는 양양성 인근에서 황조와 맞닥뜨렸다.

그리고 황개는 겨우 두어 번의 칼질로 황조를 생포하는 전공을 세우게 되었다.

그날 오후.

간밤의 치열하였던 교전이 끝나자 손책은 부친의 전사 소식을 듣게 되었다.

손책은 한수(漢水) 인근에 위치한 병영에서 대성통곡하며 눈물을 뚝뚝 흘렸다.

병사들에게도 손견의 전사 소식이 전해졌고, 병영은 온통 울음바다로 변해 버렸다.

군에서 행정 업무를 담당하던 군리(軍吏) 환해가 슬퍼하는 손책에게 조심스럽게 말했다.

"소주공, 지금은 주공의 시신을 수습하여 장례를 치르는 것이 중합니다."

"나라고 왜 그것을 모르겠는가. 하나, 부친의 시신이 적들의 수중에 있으니 무슨 수로 장례를 치른다 말인가."

"저는 유표와 동향인지라 어느 정도는 안면이 있습니다. 제가 그를 찾아가 사로잡은 적장과 주공의 시신을 교환하자고 제안을 해보겠습니다."

그러자 손책의 표정이 밝아지며 말했다.

"부탁하오."

"예, 다녀오겠습니다."

이렇게 환해는 중임을 맡아 양양성에 있는 유표를 찾아가게 되었다.

유표는 조당에서 손책이 보낸 사신 환해를 만났고, 황조와 교환하자는 말에 고개를 끄덕거리며 말했다.

"내 이미 문대의 시신은 예를 다하여 수습을 하였다네. 그대의 말처럼 황조와 교환하는 것으로 하지. 이후부터 군을 물려 서로 침범하는 일이 없도록 하세."

"이처럼 청을 흔쾌히 받아주시니 제 면이 서겠습니다. 돌아가서 약조를 속히 실행하도록 하겠습니다."

환해는 한시가 급하다는 생각을 하며 조당을 빠져나갔다.

그러자 괴량이 다급히 유표에게 말했다.

"주공, 불가합니다! 절대 저들의 조건을 받아들이시면 안 됩니다!"

"자유, 조금 전에 결정을 보았네. 그런데 어떻게 곧바로 말을 바꿀 수 있겠나."

"주공, 강동의 군사들을 이대로 돌려보내서는 안 됩니다! 지금이라도 환해를 붙잡아 참하시고, 저들을 모조리 죽여야만 합니다."

"어허, 이 사람 자유. 자네는 나를 인의도 모르는 파렴치한으로 만들려고 하는 것인가. 자고로 상중에는 하던 전투도 중지하는 법이네."

"주공! 이때를 놓치면 두고두고 후한거리가 됩니다. 지금 손견은 죽고 없습니다. 이때를 이용해 주공께서 강동으로 진격하신다면 단숨에 점령하실 수 있습니다!"

괴량이 끝까지 주장을 굽히지 않자, 유표의 표정이 굳어지더니 언성을 높이며 말했다.

"자네의 계책대로라면 황조를 죽이자는 것이 아닌가!"

그러자 괴량이 갑자기 유표 앞에 무릎을 꿇었다.

그런 모습에 놀란 유표가 더욱더 굳은 표정으로 그를 바라보았다.

괴량은 마치 죽음을 목전에 둔 사람처럼 진중한 말투로 말하기 시작했다.

"주공, 황조는 용맹하지만 꾀가 없어 대임을 맡길 재목이 아닙니다. 하나, 강동은 다릅니다. 지금은 황조를 버리는 한이 있더라도 강동을 취해야 할 때입니다!"

"어허! 황조는 오랜 세월 동안 나의 수족이나 다름이 없었다. 작은 이득을 얻고자 아랫사람을 버린다면 앞으로 어느 누가 나를 따르겠는가! 그대의 말은 듣지 않은 것으로 하겠다!"

그러면서 유표는 황급히 조당을 빠져나가 버렸다.

유표의 뒷모습을 바라보던 괴량은 너무나 화가 나고 안타까워 분함을 참을 수가 없을 정도였다. 그 때문에 갑자기 옷자락을 부여잡으면서 괴로워했다.

"커억!"

"이보게, 자유!"

"커억!"

괴량의 갑작스러운 발작에 조당에 있었던 관리들이 달려들었지만 소용이 없었다.

눈을 부라리며 괴로워하던 괴량은 의원이 달려오고 나서야 겨우 한 고비를 넘겼다. 하지만 충격이 너무 컸는지 제대로 운신하기도 어려운 상태로 급변하고 말았다.

한편, 환해는 협상이 타결되었다는 것을 손책에게 알렸다.

이에 손책은 약속대로 황조를 돌려보내고, 부친의 시신을 받을 수 있게 되었다.

그 길로 손책은 군을 물려 강동으로 돌아가 부친의 장례를 치르게 되었다.

손견이 사망한 이때는 후한(後漢) 초평(初平) 2년(191년)이었고, 당시 그의 나이 겨우 37세에 불과했다.

하루아침에 가장이 되어버린 손책은 이때의 나이가 17세였으니, 모친을 모시고 어린 다섯 동생들과 함께 외숙인 단양태수 오경에게 의탁하게 된다.

그 후로 손책은 강도(江都)에서 지내면서 스스로 몸을 낮추고, 어질고 현명한 인사들과 친분을 나누게 되었다. 그러다 보니 손책의 주변에는 점점 사람들이 모여들게 되었다.

그러다 흥평 원년(194년)에 원술의 휘하로 들어가게 되었고, 옥새를 바쳐 병사들을 빌렸다.

이후 주유와 더불어 오(吳)나라 건국의 초석이 되는 강동 정벌에 나서게 된다.

제8장
피로 물드는 기주(冀州)

후한(後漢) 초평(初平) 3년(192년) 정월(음력 1월).

흠차관 진수현이 청주 지역에서 돌아온 지도 수개월이라는 시간이 흘렀다.

수현은 요동으로 돌아오고 얼마 되지 않아 크나큰 경사를 맞이하였다. 그의 장남이 연말에 태어난 것이다.

아이가 태어나던 날, 수현은 산실 밖에서 초조한 마음으로 기다려야만 했다.

장장 6시간이라는 기나긴 산통 끝에 마침내 수현의 장남이 세상에 태어나게 되었다. 그는 산모 공손란과 태어난 아이 모두 건강하다는 산파의 말을 듣고서야 불안했던 마음을 놓을 수 있게 되었다. 그리고 이때 태어난 아이의 이름을 진서하로 정했다.

수현이 요동에 돌아오고 밀려 있던 업무를 처리를 하는 동안 또 다른 경사가 있었다. 그것은 바로 조운과 내황공주의 혼인이었다.

조운과 내황공주 두 사람은 해를 넘기기 전에 황숙 유우와 유주목 공손도를 비롯한 많은 사람들의 축하를 받으면서 혼인식을 치렀고, 신혼집은 내황공주가 머물었던 요동 태수부의 별채를 그대로 사용하기로 하였다.

그렇게 다사다난하였던 초평(初平) 2년(191년)이 지나가고, 정월 대보름날이 밝아왔다.

정월 대보름은 중국에서 중요한 명절의 하나로, 모든 사람들이 원단부터 대보름날까지 흥겹게 보내곤 했다.

파팡!

팡… 파방!

정월 대보름 이른 아침부터 요동성의 저잣거리는 요란하게 청죽이 터지면서 새해를 맞이하는 소리로 가득했다.

그 소리는 수현이 머물고 있는 태수부의 내당에서도 고스란히 들을 수가 있었다.

파방!

파파방!

내당의 내실에서 수현의 관복을 매만져 주던 공손란이 입가에 엷은 미소를 만들며 말했다.

"소리 한번 요란하네요."

"그래도 우리 서하 울음소리보다는 작은데."

그 말에 공손란이 살며시 입가에 미소를 머금으며 관복을 잠시 훑어보다 말했다.

"상공, 다 되었습니다."

"수고하였소."

등청 준비를 마친 수현은 침상 한편에 있는 요람으로 걸어가더니 잠들어 있는 장남 서하를 흐뭇한 눈빛으로 바라보았다.

공손란은 아들을 끔찍이도 위하는 남편이 행여나 늦을까 봐 재촉했다.

"상공, 늦겠습니다."

"서하야, 다녀오마."

그는 새근새근 잠들어 있는 아기의 두툼한 손을 살짝 잡아주고는 몸을 돌려 공손란을 바라보았다.

그러더니 그녀를 품에 살며시 안아주며 말했다.

"다녀오리다."

수현이 내당을 나서자 밖에서 대기하고 있었던 그의 시종 이평이 공손히 인사를 해왔다.

"안에 들어가면 작은 상자가 있을 것이다. 가지고 오너라."

"예, 각하."

이평이 재빨리 내실로 들어가자 공손란은 작은 상자 하나를 건네주었다. 그것을 받은 이평은 크기에 비해 묵직한 느낌이 전해지자 내용물이 궁금하였다. 하지만 자신의 신분으로 감히 물어볼 수 없어 조심스럽게 수현을 따라갔다.

조당에 도착하자 소집 통보를 받은 많은 관리들이 보였다.

수현이 조당을 지나 자신의 자리로 가서 자리를 잡고 앉자, 대기하고 있었던 속관들이 일제히 인사를 해왔다.

수현은 그들과 짧은 덕담을 주고받은 후에 관리들을 바라보았다.

오늘 모이라고 하였던 이유를 알고 있는 속관들인지라 다들 긴장한 모습이 역력하게 보였다.

"모두들 자리에 앉게."

잠시 기다린 끝에 다들 자리에 앉자, 수현은 자신과 가장 가까운 자리에 있는 손소를 바라보았다.

손소는 원래 북해국 상(相) 공융의 휘하에 있었다.

훗날 오나라가 건국되면 초대 승상에 오르는 그였지만, 지금은 이처럼 수현의 부탁을 받고 요동으로 오게 되었다.

"장서(손소의 자) 공."

"예, 각하."

"준비한 것을 발표하시오."

"예."

수현의 지시를 받은 손소가 자리에서 일어나더니 속관들을 바라보았다.

"모두가 알겠지만 역적 동탁으로 인해 선황께서 폐위되시었소이다. 그 이유만으로도 동탁은 천 번을 죽어 마땅할 것이오. 그런데 간악한 역적 동탁은 선황을 시해하는 참람(분수에 넘치게 몹쓸 행동을 하다)한 짓을 하였소이다."

손소의 말에 좌중에 있는 속관들의 표정이 일제히 굳어졌다.

그들은 손소가 자세히 말하지 않아도 동탁의 만행을 익히 알고 있었고, 젊은 혈기의 관원들은 애써 분함을 참는 기색이 역력해 보였다.

"이 자리에 있는 그대들도 알겠지만 여기 계시는 흠차관 각하는 영상서사이신 유 황숙께서 황제를 대신하여 어지러운 나라를 안돈하라는 지엄한 명을 받들게 되었소이다."

그런 말에 속관들은 수현을 바라보며 손소의 다음 말을 기다렸다.

"비록 역적 동탁이 새로운 황제를 옹립하였다지만 어느 누구도 그것을 인정하지 않을 것이오. 이에 유 황숙께서는 흠차관 각하께 별도의 내각을 구성하여 역적 동탁의 무리를 토벌하라는 막중한 책무를 내리셨소이다."

손소의 설명은 이미 자리에 참석한 관리들도 알고 있었던 내용인지라 놀라지 않았다.

오늘 그동안의 직제를 폐하고, 새로운 내각을 구성했다는 것을 알고 있었기에 손소의 말이 무슨 뜻인지는 모두들 알고 있었다. 그러다 보니 다들 자신이 어느 자리로 가게 될지를 생각하며 긴장했다.

"황제를 대신하는 흠차관의 책무를 다하고자 먼저 역적 동탁에 의해 홍농왕으로 강등된 선황의 신원을 회복하고, 묘호를 소제(少帝)로 할 것이오."

손소의 말이 떨어지자 속관들은 말은 안 하지만 당연한 일이라고 받아들였다.

마치 속관들의 마음을 알고 있는 것처럼 손소의 발표는 계속되어 갔다.

"이제 황제를 대신하는 흠차관 각하를 보필하기 위한 내각을 발표하겠소. 먼저 내각의 최고 수반을 발표하겠소."

후한 시대 중앙행정 최고 직책에는 사도司徒), 승상(丞相), 대사도(大司徒)가 있었고 흔히 삼공(三公)으로 칭했다.

수현은 앞으로 자신을 도울 행정의 최고 수반직을 대사도로 정했고, 손소를 대사도에 임명하였다.

손소는 흠차관 진수현에게서 임명장을 받고 나자 설명을 계속하였다.

"흠차관 각하께서는 역적 동탁이 장악한 조정과 차별을 두기 위해 새로운 내각을……"

손소의 설명대로 수현은 동탁과 차별되는 새로운 내각을 구성하였고, 각부의 장이 자신에게 직접 보고하는 육조직계제(六曹直啓制)를 시행하기로 하였다.

"먼저 육조의 수반을 이조로 칭하며, 이조는 관리들의 등용과 감독을 맡게 될 것이오. 각부의 장은 판서로 할 것이며, 이조판서에는 태사자를 임명한다."

그러자 자리에 앉아 있던 태사자가 일어나더니 수현을 향해 깊이 허리를 숙여 보였다.

"신 태사자, 흠차관 각하의 지엄하신 명을 받자옵니다."

"감축하오, 이조판서. 앞으로도 잘 부탁하는 바이오."

"성심을 다해 흠차관 각하를 보필하겠나이다."

태사자가 자리에 앉자 손소가 들고 있던 비단 두루마리를 흘깃 보더니 말했다.

"다음은 병조이며, 판서는 조운이오!"

그러자 조운이 자리에서 일어나더니 수현을 향해 공손히 예를 올렸다.

다음으로 육조의 서열 3위 부서를 발표했는데 그곳은 재정을 담당하는 호조(戶曹)였다.

수현은 호조판서로 태사자의 장인 막호발을 임명했다.

막호발은 수현의 부탁을 받자 모용부의 족장 자리를 자신의 아들에게 물려주더니, 일말의 망설임도 없이 수현의 휘하로 들어갔다.

손소의 발표는 계속되었는데 이때 발표된 내각을 정리하면 다음과 같았다.

대사도(大司徒): 손소, 행정 최고 책임자.

어사대부(御史大夫): 유엽, 흠차관의 칙령 출납.

6조(六曹)

이조판서: 태사자, 관리의 등용과 감찰.

병조판서: 조운, 군사 업무.

호조판서: 막호발, 재정 담당.

형조판서: 답돈, 치안 담당.

예조판서: 장합, 외무 담당.

공조판서: 관해, 건설 담당.

지방관

청주자사: 감녕.

북해국 상: 공융.

그렇게 6조와 지방관이 정해지게 되었고, 며칠 후 판서들은 하위 부서의 책임자들을 임명하였다. 그렇게 길고도 길었던 내각 구성이 끝나게 되었다.

내각이 발표되는 날, 수현은 가지고 왔던 상자에서 작은 복주머니를 하사하였는데 복주머니 안에는 황금 2돈가량의 신패가 들어 있었다.

*   *   *

그해(192년) 봄.

요동은 공식적으로는 흠차관 진수현이 통치하는 곳이었다.

그러나 요동은 선황 소제(少帝)의 여동생 내황공주가 있는 곳이기도 하였다. 그러기에 황숙이자 영상서사인 유우는 아들 화를 요동으로 보내 신년 하례식에 참석하도록 하였다.

유화는 신년 하례식에 참석하고 요동에서 머물다 날이 풀리는 봄이 되자 유주의 계로 돌아갔다.

유화가 요동을 떠나 공손찬의 근거지인 북평에서 얼마 되지 않는 거리에 있는 위군의 속현, 양락현 인근의 갈석산을 지날 때였다.

덜컹!

덜컹!

유화를 태운 마차는 관도를 따라 움직였고, 백여 명의 병사들이 그를 호위하였다.

"대인!"

마차 안에 있던 유화는 밖에서 자신을 부르는 소리가 들려오자 작은 창을 열어 고개를 내밀었다.

그러자 말을 타고 있는 호위대의 대장이 다급하게 말했다.

"대인, 저쪽에서 연기가 치솟는 것이 보입니다!"

호위대장이 손으로 가리키는 곳을 보니 갈석산 인근에서 시커먼 연기가 치솟는 것이 보였다.

"화전민들이 아니겠는가?"

"그럴 수도 있겠지만, 여기는 공손찬의 영역인지라 불안합니다."

"그렇군, 속히 여기를 지나가세!"

"예!"

유화의 지시에 마차와 병사들은 서둘러 움직이기 시작했다.

그러나 그들은 모르고 있었다.

유화를 태운 마차를 숲속에서 지켜본 자들이 있었고, 그들은 황급히 어디론가 향했다.

그들은 얼마 가지 않아 화전민 마을에서 약탈을 하는 병사들이 있는 곳에 도착하였다.

화전민 마을은 수백의 병사들에게 약탈을 당했고, 병사들은 그것으로도 부족한지 마을에 있는 아녀자를 겁탈하는 만행을 저질렀다. 화전민 마을의 볼품없는 초막은 시커먼 연기를 토해내며 불타올랐고, 곳곳에서 사람들이 죽어가는 비명소리가 난무했다.

유화의 마차를 발견한 병사 다섯은 화전민 마을 입구에서 약탈 현장을 지켜보고 있던 자에게 보고했다.

"현령님! 관도 근처에서 마차를 발견했습니다!"

그 말에 고개를 돌려 정찰에서 돌아온 다섯 병사들을 바라본 사내는 공손찬 휘하의 무장 문칙이란 자였다.

양락현령 문칙은 호리호리한 체형에 볼이 홀쭉하게 생긴 것이 영락없는 간신처럼 생긴 이였다.

"규모는 얼마나 되더냐?"

"족히 백은 되어 보였습니다!"

"백이라… 전서구를 가져와라!"

지시가 떨어지자 등에 새장을 메고 다니던 병사가 달려와 하얀 비둘기 한 마리를 꺼냈다.

양락현령 문칙은 작은 헝겊 쪼가리에 무어라 빠르게 적더니 작은 대롱에 끼워 병사에게 내밀었다.

전서구를 담당하는 병사는 그것을 받아 들더니 비둘기 발에 대롱을 연결하여 허공으로 날려 보냈다.

"모두 이동한다!"

문칙의 지시에 병사들은 약탈을 멈추고 모여들었다. 백마
의종(白馬義從)으로 유명한 공손찬의 병사들답게 그들은 말을
타고 빠르게 유화의 마차를 추격했다.

이때 공손찬은 원소와 기주의 패권을 두고 치열한 다툼을
벌이고 있었던 시기였다.

훗날 원소가 역경전투에서 공손찬을 자진하게 만들었지만,
지금은 공손찬의 매서운 기세에 밀리고 있는 상황이었다. 공
손찬은 기주의 대부분을 차지할 정도였고, 원소는 그를 막아
내는 것에 급급하였다.

이때 공손찬의 위세는 대단하였다.

많은 이들이 기세등등한 공손찬을 두고 그가 기주를 차지
할 것이라 예상하였다.

공손찬은 그런 예상에 호응이라도 하는 것처럼 자신의 휘
하 무장들을 지방관으로 임명할 정도였다.

문칙은 공손찬에 의해 갈석산 인근에 있는 양락현의 현령
으로 임명되었다.

양락현은 오늘날 산해관(山海關)으로 불리는 곳에 위치하였
고, 동북 방면의 연안 육상 교통로의 관문이었다. 위관(楡關)으
로 불리기도 하며 군사적으로 중요한 요지였다.

문칙은 양락현령으로 임명되자 공손찬이 그러했던 것처럼 양민들을 무자비하게 수탈하였다. 그의 가혹한 수탈에 양락현은 도저히 사람이 살아갈 수 없는 지옥으로 변해갔다.

얼마나 수탈이 지독한지 주민들은 먹을 것이 없었고, 농민들이 목숨처럼 소중히 여기는 종자마저도 수탈의 대상이 되어 버렸다.

현령의 수탈에 급기야 거리에는 굶어 죽은 사람들로 넘쳐났다.

더구나 먹을 것이 없다 보니 부모가 자식을 매매하거나, 잡아먹는 폐륜적인 행위가 만연했다. 악독한 현령 문칙의 수탈에 견디다 못한 수많은 양민들은 갈석산으로 숨어들었고, 이에 화전민으로 전락하는 자들이 속출하게 되었다.

그러나 현령 문칙은 그런 화전민들을 반역자로 규정하는 것도 모자라 병사들에게 마음껏 수탈하라는 명을 내리는 만행을 저질렀다.

그는 자신의 상관인 공손찬이 그러했던 것처럼 병사들의 약탈을 방조하였고, 그로 인해 갈석산 인근은 비명 소리가 끝이 없을 정도로 처참한 지경이었다.

두두두두!

두두두두!

말을 몰아 내달린 문칙은 마치 또 다른 먹잇감을 노리는 승냥이처럼 유화의 마차를 빠르게 추격했다.

　그는 전서구를 받은 병사들이 관도를 막는 동안 충분히 마차를 따라잡을 수 있을 것이라고 생각하며 소리쳤다.

　"서둘러라!"

　짝!

　문칙은 달리는 말의 엉덩이에 채찍을 내려치며 내달렸고, 관도는 그들이 달리면서 만들어내는 뿌연 흙먼지로 가득했다.

　한편, 유화는 공손찬 휘하의 장수인 양락현령 문칙이 자신을 추격하고 있다는 것을 모르고 있었다. 그는 공손찬의 영역인 위군을 지나면 별다른 일이 없을 것이라고 단순하게 생각하고 있었다.

　덜컹!

　덜컹!

　마차가 관도를 빠르게 지나가고 있을 무렵이었다.

　"대인!"

　호위대의 대장이 마차 밖에서 자신을 부르자 유화가 창을 열어 내다보았다.

　"전방에 관문이 보입니다."

　"관문? 공손찬의 병사들인가?"

"그렇습니다. 목책으로 단단히 방비하고 있는지라 돌파하기가 어려워 보입니다!"

"자네 생각은 어떤가?"

"불필요한 충돌은 피했으면 합니다. 어떻게 할까요?"

호위대장이 결정을 해달라는 뜻이 담긴 물음을 해오자, 유화는 선뜻 결정을 내리지 못하고 심각한 표정으로 고민했다.

이대로 관문을 돌파한다면 계에 도착할 때까지 저들에게 계속 쫓겨야만 했다. 앞으로 가야 할 길이 많이 남은 상황인지라 유화는 살며시 고개를 흔들었다.

잠시 고민을 하던 유화가 마차 곁에서 말을 몰아가는 호위대장에게 지시를 내렸다.

"병사 몇을 앞서 보내게. 저들에게 내 신분을 밝히고 통과하겠다고 전하게."

"예, 그렇게 하겠습니다."

유화는 소매 속에서 신패를 꺼내어 호위대장에게 건네주었다.

유화의 지시가 떨어지자 호위대의 대장은 관문에서 일정한 거리를 두고 일행들을 멈추게 했다. 그러고는 병사 다섯을 관문으로 보냈다.

한편, 관문의 수비대장은 다가오는 병사들을 보며 자신도

모르게 긴장이 되었다. 이미 자신의 상관인 양락현령 문칙이
보낸 전서구를 받은 뒤였다.

그는 자세한 것은 알 수가 없었지만, 마차를 붙잡아두라는
현령의 지시를 다시금 떠올리며 소리쳤다.

"멈춰라!"

관문 수비대장은 유화의 병사들이 가까이 다가오자 크게
소리쳤고, 병사들은 그의 지시에 따라 제자리에 멈췄다.

"어디서 온 자들이냐!"

수비대장의 외침에 병사들 중에서 한 명이 몇 걸음 앞으로
나서며 소리쳤다.

"우리는 유주의 황숙 휘하에 있는 병사들이오! 관문을 지
날 수 있게 도와주시오!"

"한 명만 다가와서 신패를 제시하라!"

그러자 그 병사가 관문 수비대장에게 다가가더니 유화의 신
패를 보여주었다.

신패를 잠시 살피던 관문 수비대장이 돌려주며 말했다.

"돌아가서 기다려라."

"기다리라니요? 저희는 한시가 급합니다."

"어허! 기다리라면 기다릴 것이지 무슨 말이 그리 많아!"

그렇게 소리치며 관문 수비대장이 오른팔을 높이 치켜들었
다.

그러자 목책으로 되어 있는 관문에서 지켜보고 있던 병사들이 일제히 활을 들어 그 병사에게 겨누었다.

갑자기 상황이 급박하게 변하자 그 병사는 어쩔 수 없이 유화에게로 돌아가야만 했다.

유화를 호위하던 병사들도 관문의 수비병들이 위협하는 것을 보았기에 다들 표정이 굳어져 갔다.

"대인, 아무래도 이상합니다."

"내 생각에도 그러하네."

"대인, 단단히 준비하셔야겠습니다."

"알았네, 자네도 조심하게."

유화는 마차 밖으로 나와 관문의 상황을 지켜보다 자신의 곁에 있는 호위대장의 물음에 굳은 표정으로 답하면서 불안해했다.

그렇게 그들이 1각 정도를 관문 근처에서 대기하던 순간이었다.

갑자기 후미에서 요란한 말발굽 소리가 들려왔다.

유화는 뿌연 흙먼지가 일어나는 것을 보자 이유 없이 불안하여 호위대장에게 지시를 내렸다.

"저들을 경계하게."

"예!"

유화의 그런 지시가 없었더라도 호위대장은 빠르게 다가오는 기마대를 경계할 생각이었다.

호위대 병사들은 마차 앞에 일렬로 진을 형성하며 다가오는 기마대를 경계했다.

그러는 사이에 마침내 양락현령 문칙의 기마대가 도착하였다.

문칙은 호위대와 일정한 거리를 두고 멈추더니, 천천히 말을 몰아가면서 몇 마디를 물었다.

양락현령이란 자가 형식적으로 몇 가지 질문을 해오자, 유화는 앞으로 나아가서 답을 할 수밖에 없었다.

그때였다.

챙!

쉬익!

"헉!"

유화가 방심하고 있는 사이에 문칙이 갑자기 칼을 빼 들더니 벼락처럼 휘둘렀다.

갑작스러운 문칙의 행동에 놀란 유화는 황급히 몸을 뒤로 빼며 간신히 칼을 피했다.

그러자 잔뜩 인상을 쓰며 소리치는 문칙이었다.

"모두 죽여라!"

문칙의 명령이 떨어지자 대기하고 있던 기마대가 일제히 달려들었고, 그에 호응하기 위해 관문을 지키고 있던 병사들도 빠져나오기 시작하였다.

"대인을 호위하라!"

호위대장은 갑작스러운 사태에 놀라 황급히 유화의 곁으로 달려가서 그를 호위했다.

호위대 병사들도 유화를 원형으로 감싸며 지키려고 하였다.

하지만 이미 단단히 준비하고 있었던 문칙의 병사들이었고, 교전이 발생하자 순식간에 호위대 병사 몇이 죽고 말았다.

한편, 그런 광경을 관문 인근의 숲속에서 지켜보고 있는 자가 있었다.

행색은 마치 사냥꾼처럼 생긴 사내였지만, 실상은 갈석산으로 숨어든 유랑민들을 이끌고 있는 최거업이란 자였다.

원래 최거업은 갈석산 인근에서 대대로 뿌리를 내리고 살았던 지방의 토호 출신이었다.

최거업은 공손찬과 양락현령 문칙의 수탈이 극에 달하자 가문을 정리하고 갈석산으로 숨어들었다.

원래의 역사대로라면 원소의 휘하에 들어가서 공손찬을 상대하는 최거업이였지만, 지금은 이처럼 유랑민들로 구성된 산적들의 두령이나 다름이 없었다. 하지만 최거업은 산적임에도 불구하고 언제나 어려운 사람들을 도왔고 양락현령 문칙에 대항하였던지라 주변의 신망이 두터운 자였다.

그는 오늘 관문을 급습하러 나왔다가 우연히 황숙 유우의 아들 화를 보게 되었다.

최거업은 한때 유주의 주도인 계에서 학문을 익혔고, 그때 유화를 알게 되었다.

비록 막역한 관계는 아니었지만 최거업은 유화가 보이자 잠시 숲속에서 관망하였다.

그런데 양락현령이란 놈이 유화를 공격하자 기겁하며 벌떡 일어나 소리쳤다.

"양락현령 문칙을 죽여라!"

"우와아아!"

"우아아!"

관도 옆 숲속에 숨어 있었던 유랑민들은 두령 최거업의 명령에 일제히 일어나더니 함성을 내지르며 달려 나갔다.

숲이 울리는 듯한 커다란 함성에 문칙과 그의 병사들이 놀라 바라보았다.

놀라기는 유화의 병사들도 같았고, 마치 할 일을 깜빡한 사람들처럼 전투를 멈춘 채로 그들을 바라보았다.

문칙은 도저히 수를 헤아릴 수 없을 정도로 엄청난 유랑민들이 숲속을 빠져나오자 당황했다.

"문칙을 죽여라!"

"현령을 죽여라!"

문칙은 자신을 죽이라는 소리가 메아리처럼 울리자 황급히 말에 올라탔다.

그런 함성을 들은 유화의 호위대는 이유는 모르지만, 숲속을 나온 유랑민들이 현령 문칙을 죽이려 한다는 것쯤은 쉽게 파악하게 되었다.

"현령을 잡아라!"

호위대장의 명령에 호위병들이 도망치려는 현령 문칙의 병사들에게 무자비하게 병장기를 휘두르기 시작하였다.

"궁수 발사!"

누군가의 호령이 떨어지자 관문을 지키던 소수의 궁수들이 일제히 화살을 쏘아대기 시작했다.

그들은 갑자기 전황이 불리하게 전개되자 문칙을 구하기 위해 무차별적으로 화살을 쏘아댔다.

픽!

퍼벅!

퍼버벅!

수십 대의 화살이 허공을 날아가 유화의 호위대 병사들에게 명중되었다.

몇몇의 병사들이 쓰러지는 와중에 유시(流矢)가 날아와 그대로 유화의 가슴에 명중했다.

"컥!"

"대인! 대인!"

호위대장은 유화가 화살에 맞아 쓰러지자 놀라 다급히 외쳤다.

이때 산에서 내려온 최거업이 다급하게 호위대장을 불렀다.

"이보시오! 어서 이곳을 벗어나야 하오!"

"알겠소이다! 대인을 마차로 옮겨라!"

병사 몇이 달려들어 정신을 잃은 유화를 마차에 태우기 위해 서둘렀다.

그러는 사이에 최거업이 호위대장에게 다급하게 말했다.

"보녕에서 오시는 길이시오?"

"그러하네."

"그곳으로 돌아가 대인을 치료하시오. 그런 후에 즉시 서무현까지 지체 없이 가시오. 내가 저들을 막아보겠소!"

"고맙소이다! 은인의 존함이라도 알려주시오!"

"최거업이라고 하면 유 대인도 알 것이오."

"경황이 없어 감사의 인사는 차후에 하겠소. 모두 보녕으로 돌아간다!"

호위대장은 마차를 호위하면서 빠르게 왔던 길을 돌아갔다.

관문으로 간신히 도망친 양락현령 문칙은 저들을 놓치면 큰일이라는 생각이 들었다.

유화가 황숙의 아들이라는 것을 알면서도 죽이려 한 것은 이곳이 자신의 관할이라는 이유 때문이었다. 자신의 관할이라면 아무리 황숙의 아들이라도 탈이 없을 것이라고 생각했었다.

그런데 이렇게 일이 틀어져 버렸으니 후환이 두려웠다.

마음 같아서는 유화를 추격하고 싶었지만, 관문을 막고 있는 수천의 유랑민을 상대로 싸울 엄두가 나지 않았다.

최거업은 무려 두 시진이나 관문 앞을 지키다가 수하들을 물려 산으로 돌아갔다.

시간이 흐르고, 최거업 덕분에 무사히 보녕현에 도착한 호위대장은 급히 유화를 응급처치 하도록 하였다.

그는 유화의 왼쪽 가슴 부근에 박힌 화살을 제거하고, 금창약을 바르는 것으로 급한 치료를 마쳤다.

그런 후에 호위대장은 병사 셋에게 지시를 내렸다.

"너희는 즉시 흠차관 각하께서 계시는 요동으로 가라! 가서 이번 일을 자세히 알려야 한다! 우리는 서무현으로 갈 것이니 그리 전해야 한다!"

"예!"

병사들 중에 선임이 굳은 표정으로 답을 하더니 말을 몰아 요동 방면으로 내달렸다.

그러자 이번에는 다섯 병사들을 바라보며 지시를 내렸다.

"너희는 즉시 서무현으로 가라! 그곳에서 둘은 남아 상황을 지켜보아라. 나머지 셋은 곧바로 계로 가서 황숙께 이번 사태를 전하여라!"

"예!"

호위대장의 지시를 받은 병사 다섯이 말을 몰아 계가 있는 방면으로 빠르게 사라져 갔다.

전령들이 길을 떠나자 호위대장은 마차를 몰아 서무산 인근에 위치한 서무현으로 출발했다.

제9장
타도 공손찬!

유주(幽州)의 주도 계에서 요동으로 가는 길은 두 갈래가 있다.

첫 번째는 계를 출발하여 북평을 지나가는 길이다. 그 길은 유동 인구가 많기 때문에 관도가 잘 정비되었고, 치안 유지도 괜찮은 편이었다.

그리고 두 번째는 서무산을 지나는 길이다.

서무산을 지나는 길이 매우 협소하다 보니 마차나 대규모 인원이 지나가기에는 열악한 조건이었다.

유화의 호위대는 서무산 인근에 위치한 서무현으로 길을

나섰다.

지금 그들은 양락현령 문칙의 추격이 걱정될 수밖에 없었다. 아니기를 바라지만 만에 하나라도 문칙의 병사들과 마주치게 된다면 도저히 그들의 상대가 될 수 없었다.

정말이지 운이 좋아 갈석산 일대의 유랑민들을 통솔하고 있는 최거업의 도움으로 화를 면한 것이었다. 하지만 그런 운이 또 있으라는 법이 없기에 유화의 호위대는 잠시도 쉬지 못하고 출발해야만 했다.

화살에 맞은 유화가 걱정이 되기는 하였지만 한시라도 빨리 보녕현을 떠나야만 했다. 서무현으로 가려면 서무산을 관통하는 외길밖에 없었고, 지세가 험한 곳이라 고단한 여정이 예상되었지만 다른 선택지가 없었다.

그들이 유화를 호송하는 사이에 앞서 출발한 전령들은 빠르게 길을 내달렸다.

*   *   *

수십 일 후.

이때 공손찬은 기주(冀州) 일대를 거의 장악한 상태였다.

날이 풀리고 봄이 되자, 공손찬은 자신의 근거지인 북평에 머물면서 원소와의 일전을 치르기 위한 준비에 들어간 상태였다.

그런 준비의 일환으로 공손찬은 유비를 청주(靑州) 평원군의 태수로 임명했다.

훗날 촉(蜀)나라를 건국하는 유비지만 이때까지는 공손찬 휘하에 있었다.

공손찬은 유비와 동문으로 형제가 없었던 유비에게는 친형이나 다름없을 정도로 친밀한 존재였다.

그는 유비와 함께 기주목 원소와 싸웠는데, 유비가 여러 전공을 세우자 조정에 이를 보고하여 청주에 속하는 평원군의 태수가 되도록 도와주었다.

그런데 공손찬이 유비를 평원군의 태수로 임명하자 흠차관 진수현과 충돌할 여지가 다분히 생기고 말았다.

본래 청주자사 유대가 있었지만, 그는 지난 2차 황건적의 난이 발발한 후 전사했다.

이에 황건적의 잔당들을 토벌한 수현은 자신이 받아들인 감녕을 청주자사에 임명하였다.

그런데 동탁이 장악한 조정에 공손찬이 유비의 공적을 치하하기 위한 보고를 하였고, 유비를 청주 평원군의 태수로 임명해 버린 것이다.

동탁의 입장에선 흠차관이라는 수현의 존재가 달가울 리가 없었다. 그러기에 공손찬의 주청을 흔쾌히 받아들이게 되었다.

더구나 공손찬은 오래전부터 유우와 관계가 좋지 않았고, 영상서사이자 황숙 유우의 손녀사위라는 수현은 안중에도 없었다.

이런 황당한 일이 발생하게 되자 청주자사라는 관직을 두고 수현이 임명한 감녕과 공손찬이 자사로 임명한 전해가 첨예한 신경전을 벌이게 되었다.

상황이 이렇게 변하자 감녕은 수현과 의논을 하고자 요동에 도착하게 되었다.

*   *   *

요동 태수부 조당.

수현을 비롯한 여러 속관들은 공손찬의 무도한 일 처리를 두고 한창 토론을 벌이고 있었다.

"공손찬의 처사는 역적 동탁과 손을 잡겠다는 뜻입니다."

"그렇습니다, 이는 절대 묵과할 수 없는 일입니다."

"즉시 기주로 가서……."

대부분의 속관들은 당장 기주로 가서 공손찬을 응징해야 한다고 주장하였다.

관리들의 그런 모습을 유심히 지켜보던 대사도(大司徒) 손소가 수현에게로 고개를 돌리며 말했다.

"각하, 백규(공손찬의 자)의 행태는 영상서사이신 황숙을 인정하지 않겠다는 처사입니다. 이는 단순하게 생각하실 일이 아니라고 여겨집니다."

손소의 그런 말에 수현은 고개를 살며시 끄덕거리며 감녕을 바라보았다.

"이보게, 청주자사."

"예, 각하."

"지금 청주는 어떻게 대비하고 있나?"

"공손찬이 청주자사에 임명한 전해가 청주성으로 오려면 강을 건너야만 합니다. 그것을 막고자 포구 경비를 강화하였습니다. 만약 전해가 나타난다면 즉시 구금을 해두라는 지시를 내린 상태입니다."

감녕의 말에 수현은 살며시 눈을 감았다.

수현은 공손찬이 결코 순순히 물러나지 않을 것이라고 생각했다.

그렇게 말없이 고민에 잠겨 있을 때였다.

"각하, 소인 이평입니다."

갑자기 조당 밖에서 수현의 시종 이평의 음성이 들려왔다.

수현은 고개를 돌려 문을 바라보며 말했다.

"들어오너라."

그러자 문이 열리더니 시종 이평이 안으로 들어왔고, 먼지를 뒤집어쓴 초라한 행색의 전령 하나도 뒤따라 들어왔다.

"각하, 시중 대인께서 보낸 전령이 보고할 것이 있다고 합니다."

"전령?"

유화는 한때 황궁에서 천자의 자문에 응하는 관직인 시중(侍中)을 역임했기에 다들 그를 그처럼 칭하고 있었다.

이펑이 옆으로 비켜나자, 수현은 초라한 몰골을 하고 있는 전령을 바라보았다.

"무슨 일이더냐?"

"아뢰옵니다! 얼마 전에……."

전령이 유화와 양락현령간의 충돌을 말하기 시작하자 조당 안은 쥐 죽은 듯이 고요해졌다.

전해지는 말은 점점 수위가 높아졌고, 수현은 유화가 화살에 맞았다는 전령의 말에 놀라서 벌떡 일어나며 물었다.

"상태는 어떠하더냐! 위중한 것이더냐!"

"급한 대로 치료는 했지만, 왼쪽 가슴에 화살을 맞아 상태가 위중한 것 같습니다."

"지금 어디에 있는 것이냐? 여전히 보녕에 있는 것이더냐?"

"아닙니다! 양락현령 문칙의 추격을 피하고자 서무산 인근에 있는 서무현으로 간다고 하였습니다."

"알았으니 그만 물러가라, 펑이는 전령이 쉴 수 있도록 해주어라."

"예, 각하."

수현이 심각한 표정으로 자리에 앉자마자 속관들을 바라보며 물었다.

"이번 일을 어찌 처리해야 하겠는가? 모두 의견을 말해보게."

"각하! 당장 공손찬을 치러 가야 합니다!"

다혈질의 답돈이 그처럼 말하자 몇몇의 관리들도 동조하며 분개하였다.

그들의 의견을 가만히 듣고 있던 수현이 자신의 오른편에 앉아 있는 유엽을 바라보며 입을 열었다.

"어사대부."

"예, 각하."

"자네는 평시에는 어사대부지만 이처럼 중한 일이 발생하면 군사의 역할도 대신하네. 자네의 의견을 말해보게."

"저 역시 형조판서(답돈)의 생각이 옳다고 여겨집니다. 다만 몇 가지 걸리는 점이 있습니다."

"걸리는 점이라니? 소상히 말해보게."

"양락현령 문칙이란 자는 공손찬 휘하에 있는 자입니다. 현령 문칙을 징치하는 것이야 어렵지 않지만 문제는 그자 뒤에 공손찬이 있다는 것입니다. 만약 공손찬을 친다면 청주가 위태롭게 됩니다."

유엽의 말에 자리에 있는 사람들은 심각하게 표정이 변해
갔다.

그들은 지금 공손찬의 기세가 예사롭지 않다는 것을 잘 알
고 있었다. 그러기에 함부로 결정을 내리지 못하고 있었다.

수현도 이번 일이 단순하지 않다는 것을 상기하며 말했다.

"내일 조회 때까지 각자 계획을 준비하도록 하게. 의견을 수
렴하여 최선의 방안을 결정하겠다. 이만 조회를 파한다."

그러면서 수현은 자리에서 일어나 조당을 나섰다.

*   *   *

다음 날.

수현은 공손찬과 결전을 치르고 있는 원소와 협력하기로
결정을 내리게 되었다.

그리고 원소와의 협상을 위한 사절에 유엽을 정하였다.

그런 결정이 나자 유엽은 청주자사 감녕과 함께 곧바로 북
해로 출발하였다.

원소와 공조하기로 결정한 수현은 후속 조치로써 처음으로
요동 일대에 전시 동원령을 발동했다.

전시 동원령이 발동되자 요동군에 속하는 11개 현에서 병

력이 차출되었다.

이때 동원된 속현의 병력 규모는 7만에 달했고, 수현이 머물고 있는 양평성의 자체 병력 2만도 동원되었다.

또한 태사자의 장인 막호발이 모용부의 병력 중 1만의 기마로 구성된 병력을 동원하여 합세하기로 하였다. 그리고 청주 지역을 방비하기 위해 요동의 수군 1만이 동원되었다.

그렇게 해서 도합 11만이라는 대규모 병력이 구성되었다.

이때의 부대 편성을 살펴보면 다음과 같았다.

총사령 흠차관 진수현, 근위대 1만.
정동장군 조운, 병력 2만.
정남장군 태사자, 2만.
정서장군 장합, 2만.
정북장군 관해, 2만.

그리고 효기장군에 답돈을 임명하여 막호발이 지원한 별동대인 1만의 기마대를 지휘토록 하였다. 그리고 요동의 수군 1만은 북해로 이동한 후에 감녕의 지휘를 받는 것으로 결정이 되었다.

*　　　　*　　　　*

그 무렵 유주의 주도 계에도 유화의 소식이 전해졌다.

황숙이자 영상서사 유우는 전령을 통해 아들의 소식을 접하게 되자 대노했다.

평소 유우는 공손찬의 수탈이 극에 달해 민심이 흉흉하다는 소문을 들어 불안스러웠다.

더구나 그의 휘하 관리들 또한 공손찬과 별반 다름이 없다는 것에 언젠가는 일이 터질 것이라고 생각을 했었다.

그러던 중 자신의 아들이 공손찬 휘하에 있는 양락현령 문칙이란 자에게 공격을 받았다는 것에 대노했다. 더구나 아들이 화살에 맞아 중상이라는 말에 유우는 더 이상은 참을 수가 없었다.

유우는 사위 공손도에게 자신의 자리를 물려준 후 유유자적하였던 생활을 끝내고 조당을 찾아갔다.

얼마나 화가 났는지 지나가는 길에 만난 하인과 시녀들의 인사를 받아주지도 않았다.

조당 밖에서 경비를 서고 있던 병사들은 황숙 유우가 성큼성큼 다가오는 것을 보자 자세를 정돈했다. 그러다 유우가 문앞에 당도하자 절도 있게 군례를 올렸다.

"고하여라!"

"예! 황숙께서 드십니다!"

병사들이 서둘러 조당의 문을 열어주자 유우는 거침없이 안으로 들어갔다.

유주목 공손도는 한창 속관들과 이번 일을 의논하고 있던 중에 장인이 조당으로 들어서자 서둘러 자리에서 일어났다.

그러자 모든 속관들도 자리에서 일어나 유우에게 공손히 허리를 숙여 보였다.

"나오셨습니까?"

사위 공손도가 정중히 인사를 해오자 유우는 애써 화를 참아내며 말했다.

"이보게, 소식을 들었는가?"

"예, 그러지 않아도 지금 그 일을 두고 의논 중이었습니다."

"어찌할 참인지 말해보게."

그러자 유주목 공손도가 망설이는 듯 주저하는 모습을 보였다.

그런 모습에 유우가 미간에 잔뜩 힘을 주며 사위 공손도에게 무언의 압박을 하였다.

장인의 그런 모습에 공손도가 마지못해 답을 했다.

"공손찬을 응징해야 한다는 것에는 이견이 없었습니다. 다만 독자적으로는 공손찬을 상대하기가 어렵다는 것이 중론이었습니다."

"그게 무슨 말인가! 그럼 이대로 지켜만 볼 것인가!"

인자하기로 이름난 유우였지만, 그도 사람인지라 아들의 일이다 보니 자연스럽게 언성이 높아지고 말았다.

그러자 공손도의 부탁으로 조당에 참석하였던 오환의 대족장 구력거가 나서며 말했다.

"황숙, 잠시 진정하시지요."

"자네도 있었던가?"

"예, 참석해 달라는 부탁을 받고 왔습니다. 그러지 않아도 제가 부족민 3만을 지원하려고 하였습니다. 그러니 그만 노여움을 푸시지요."

"오! 고맙네!"

유우가 유주목으로 있을 당시는 황건적의 난이 한창 기승을 부릴 때였다.

그런 이유로 유우는 최소한의 병력만 유지하고 남은 재정으로 난민들을 도왔다. 그 때문에 현재 계에서 동원 가능한 병력이라고 해봐야 2만 정도에 불과했다. 그것도 자체 수비 병력을 빼면 1만 정도만 가용이 가능한 수준이었다.

그런 사정을 알고 있었던 구력거가 3만의 오환병을 지원하기로 하자, 유우의 표정이 환하게 변해갔다.

유주목 공손도는 장인 유우의 표정이 한결 누그러진 것처럼 보이자 안도했다.

그래도 워낙에 중하고, 민감한 사안이라 조심스럽게 말하기 시작했다.

"장인어른, 오환에서 도와준다면 모두 4만의 병력을 동원할 수 있습니다. 그리고 전령이 요동에 있는 사위에게도 전하였다고 합니다. 소식을 들은 사위라면 분명 가만히 있지만은 않을 것입니다."

"그렇구나, 4만의 병력이라면 결코 적지 않은 규모구나."

유우는 계에서 동원 가능한 병력 1만과 구력거가 지원하기로 약속한 3만의 오환병을 합치면 모두 4만의 병력이라는 것에 심적으로 위안이 되었다.

더구나 손녀사위인 수현에게도 전령이 소식을 전하였다면 분명 가만히 있지만은 않을 것이란 생각이 들었다.

"그럼 공손찬 그자를 처리하는 일은 자네에게 일임을 하겠네. 서무현은 내가 가도록 하지."

"장인어른, 서무현으로 가는 길은 너무 험합니다. 연세가 있으신데 다른 이를 보내시지요?"

"아비가 되어 길이 험하다고 자식을 외면할 수는 없지. 내일 출발할 것이니 그리 알고 있게."

그렇게 말하고는 조당을 나가 버리는 유우였다.

공손도는 고령의 장인이 험한 길을 간다고 하자 걱정이 되어 속관들을 바라보며 말했다.

"장인어른을 모시고 서무현으로 떠날 사람이 필요한데, 누가 따라갈 생각인가?"

"제가 황숙을 모시고 가겠습니다."

모두들 소리가 난 곳을 바라보니 유우의 심복이나 다름없는 전주였다.

원래 역사에서 전주는 유우가 공손찬에게 살해당하자, 유우의 묘를 찾아가 눈물을 흘리며 곡을 하고 제사를 지내는 이였다.

이에 공손찬이 대노하여 포상금을 걸고 전주를 사로잡았다.

그런데 전주는 포악한 공손찬 앞에서도 의연했으며, 오히려 그를 비판하였다.

공손찬은 전주의 용기에 감복하여 군영 안에 감금해 놓고 아무도 만나지 못하게 하였다. 하지만 이로 인해 여론이 나빠지자 전주를 풀어주어야만 했다.

물론 그런 내막을 알 리가 없는 공손도였지만, 평소 전주가 어떤 사람인지는 알고 있었기에 말했다.

"자태(전주의 자), 그대가 가준다면 안심이 되네. 잘 부탁하네."

"심려하지 않으셔도 됩니다, 성심을 다해 황숙을 모시겠습니다."

그렇게 유주의 계에서도 공손찬을 응징하기로 결정이 되었다. 황숙 유우는 호위병을 이끌고 아들 화가 머물고 있는 서무현으로 출발했다.

＊　　　＊　　　＊

그로부터 며칠 후.

유주의 계와 요동에서 공손찬을 응징하기 위한 병력의 움직임이 요란스럽게 진행이 되었다.

양쪽에서 준비 중인 병력의 규모만 따져도 도합 15만에 달하였다. 그러다 보니 아무리 은밀하게 행동을 하려고 하여도 그럴 수가 없었다.

수현이 핵심 정책으로 진행 중인 것이 농업정책과 소금 생산이었고, 그 결과로 많은 상인들을 요동으로 불러들이게 되었다. 그로 인해 요동 일대는 하루가 다르게 발전한다고 해도 과언이 아닐 정도로 눈부시게 성장을 하였다.

그런데 갑자기 요동 일대에서 대규모 병력이 속속 양평성으로 모여들자 상인들에게도 자연스럽게 이러한 사실이 알려지게 되었다. 상인들은 이런 움직임의 이유가 양락현령 문칙이 황숙의 아들을 죽이려 했기 때문이란 것도 알게 되었다.

상인이 누구이던가?

상인들은 이익이 있는 곳이라면 설령 그곳이 지옥이라 하여도 찾아갈 정도로 지독한 계층이었다.

그들은 요동의 움직임이 심상치 않다는 것을 알게 되자 양락현으로 모여들었다. 그러면서 소문을 퍼뜨리기 시작했다. 요동에서 양락현을 공격할 것이란 소문이 저잣거리에 파다하게 퍼지자 순식간에 동요가 일어났다.

양락현령 문칙에게 빌붙어 온갖 아첨을 해댔던 부호들이 가장 먼저 피난길에 올랐고, 사재기가 발생하자 하루가 다르게 식량 시세가 폭등하였다.

그렇게 양락현은 혼란에 빠져들었고, 자연스럽게 현령 문칙의 귀에도 그런 소문이 들어가게 되었다.

문칙은 자신의 힘만으로는 무려 10만이 넘는다는 수현의 군을 막아낼 수 없다고 판단하여 황급히 공손찬에게 구원을 요청했다.

문칙의 서신을 가지고 떠난 전령은 잠시도 쉬지 못하고 북평에 있는 공손찬에게로 향했다.

그리고 며칠이 지난 후에 전령은 공손찬에게 문칙의 서신을 전하게 되었다.

*   *   *

한편, 북평의 조당.

살얼음판을 걷듯 조당의 분위기는 심상치가 않았다.

쾅!

쾅!

공손찬이 서신을 읽어가던 중 갑자기 앞에 있는 서탁을 내려치더니 전령을 노려보았다.

그러고는 손에 들고 있던 서신을 내던져 버렸다.

"서신에 적힌 내용이 모두 사실이더냐!"

"그러합니다!"

"그만 물러가라!"

도망치듯이 전령이 조당을 나가자 공손찬은 바닥에 널브러져 있는 서신을 노려보며 말했다.

"모두 돌아가며 읽어보도록 하라."

그러자 누군가 자리에서 일어나더니 서신을 챙겨 돌아가서 앉았다.

공손찬은 서탁에 팔을 올려둔 채로 관자놀이를 힘주어 꾹꾹 눌렀다.

그는 원소와 결판을 내지도 못하고 있는데 갑작스러운 사태가 발생하자 머리가 지끈거려 왔다.

굳은 표정을 하고 있는 공손찬을 보자 조당 안에 있는 관리들은 감히 말을 꺼낼 수가 없을 정도였다. 하지만 유일하게 공손찬에게 직언을 할 수 있는 이가 하나 있었다.

"주공."

공손찬은 자신을 부르는 소리가 들려오자 고개를 들어 바라보았다. 그러고는 평소 자신이 총애하였던 관정이 보이자 반색했다. 공손찬은 자신의 부관이나 다름없는 장사(長史) 관정이 나서자 지금의 난국을 타개할 수 있을 거라고 기대했다.

하지만 관정은 법령에 철저한 혹독한 관리였고, 주변에서 그를 두고 욕하지 않는 사람이 없을 정도였다. 더구나 가진 능력은 쥐뿔도 없으면서 워낙에 아첨을 잘한 덕분에 공손찬의 총애를 받는 자였다.

조당에 있는 다른 관리들은 또 관정이 나서는 것을 보자 얼굴을 찌푸렸다.

그러나 공손찬은 언제나 듣기 좋은 말만 골라서 하는 그 외의 다른 관리들은 눈에 들어오지 않았다.

"주공께서는 이미 기주를 거의 차지하신 상태입니다. 원소에게 남아 있는 곳이라고 해봐야 기주의 주도인 업(고읍에서 개명)이 전부이지요."

"그래서?"

"그러니 주공께서 친히 군을 이끌고 원소를 치시지요. 그리한다면 원소의 병사들은 두려움에 떨며 감히 대항하지 못할 것입니다."

"그럼 계와 요동에서 오는 군은 어찌할 것인가?"

"이곳 북평은 성이 튼튼하니 능히 소수의 수비병으로도 대군을 막아낼 수 있습니다. 양락현이 아쉽기는 하지만, 지금은 그곳을 포기하고 이곳에서 방비해야 한다고 봅니다."

"양락현을 포기하자고?"

"일시적으로 후퇴하는 것입니다. 차후에 다시 차지할 수 있는 곳입니다."

관정의 계획을 듣고 나자 공손찬은 턱수염을 만지작거리면서 고민에 잠겼다.

공손찬이 고민에 잠기자 조당 안은 숨소리도 들리지 않을 정도로 고요하게 변했다.

얼마나 시간이 흘렀는지 모를 정도로 깊이 고민을 하던 공손찬이 마침내 결정을 하였는지 입을 열었다.

"사기(관정의 자), 자네의 뜻에 따르도록 하지."

"주공, 현명하신 선택이십니다."

그렇게 결정이 나자 공손찬은 3만의 병력을 대동하고 원소가 있는 업으로 향했다.

그러면서 그는 엄강을 북평의 수비대장으로 임명하였고, 관정으로 하여금 그를 보좌하도록 하였다. 또한 평원에 있는 유비에게는 청주에서 오는 감녕을 대비하도록 하였다.

*　　　　　*　　　　　*

그 무렵 청주자사 감녕과 군사 유엽은 수현으로부터 원소와 협력을 할 수 있게 협상을 진행하라는 지시를 받은 상태였다. 그런 지시를 받은 두 사람은 배편을 이용하여 원소가 있는 업에 도착했다.

감녕과 유엽 두 사람은 원소에게 만남을 청하는 뜻으로 배첩(拜帖)을 전하고 객잔으로 들어서는 중이었다.

"뭐야! 돈이 없어!"

갑자기 객잔 안에서 누군가 소리치자 감녕과 유엽은 자연스럽게 나누던 얘기를 멈추고 소리가 난 곳을 바라보았다.

객잔의 주인으로 보이는 자가 이제 20대 후반으로 보이는 문사에게 삿대질을 하면서 소리치는 것이 눈에 들어왔다.

"돈이 없으면서 왜 객잔에 오냐고!"

"주인장, 오다가 도모(소매치기)에 당했다고 하지 않소. 그러니 사정을 봐주시오. 내 즉시 융통하여 갚겠소이다."

"하! 그런 말을 어떻게 믿어! 그건 당신 사정이고, 돈 없으면 입고 있는 옷이라도 벗어!"

"그, 그것은……."

두 사람을 지켜보던 유엽은 젊은 문사가 객잔에 들어오기 전 소매치기를 당했다는 말에 측은함을 느꼈다. 예전에 자신도 그런 일을 당해본 적이 있었던지라 남 일처럼 여겨지지가 않아 그에게 다가가려 했다.

그러자 감녕이 물었다.

"어디 가는가?"

"도와주려고 합니다."

"쯧쯧, 하여간에 의협심인지 아니면 오지랖인지 모르겠군."

감녕의 핀잔을 못 들은 척하며 유엽은 그 문사에게로 걸어
갔다. 그런데 가까이 가서 그 문사를 보니 준수하게 생긴 외
모인지라 자신도 모르게 호감이 생겨났다.

"주인장, 이분의 식대가 얼마나 되는가?"

객잔의 주인은 갑자기 옆에서 들려온 음성에 고개를 돌리
더니 반사적으로 허리를 숙여 보이며 말했다.

"그리 많지는 않습니다, 혹시 대신 지불하시려고 그러시는
지요?"

"저게 이분이 드신 것 같은데, 이 정도면 될 것 같네."

서탁에 있는 빈 그릇들을 살핀 유엽이 전낭에서 작은 은
조각을 꺼내더니 주인장에게 내밀었다.

그러자 마치 누가 뺏어가기라도 하는지 순식간에 받아 챙기
는 주인장이었다.

"주인장, 차를 내오게. 이분 것도."

"네! 잠시만 기다리시지요!"

객잔 주인이 순식간에 주방으로 사라지자, 그 젊은 문사가

유엽에게 공손히 인사를 해왔다.

"초면에 큰 도움을 받았습니다. 저는 순욱이라고 합니다. 자는 문약을 쓰고 있습니다."

"저는 유엽이라고 합니다. 자는 자양을 씁니다. 괜찮으시면 저희와 차라도 한잔하시겠습니까?"

"식대를 신세 진 것도 그런데 차까지 대접을 받으려니 괜한 폐를 끼치는 것 같습니다."

"괜찮습니다, 이렇게 만난 것도 인연이지 않겠습니까?"

순욱은 유엽의 호방한 행동이 마음에 들어 허락을 했다.

유엽은 순욱이 허락을 하자 내실을 빌려 감녕과 함께 차를 마시면서 이런저런 소소한 얘기를 나누었다.

원래 순욱은 원소 휘하에 있었다.

그런데 원소를 알아갈수록 그의 그릇이 자신이 생각한 것과는 다르다는 것을 알게 되어 조용히 기주를 떠나려고 하였다.

순욱은 이때 조조에게 가려고 생각하고, 그에게 천거할 사람을 만나기 위해 찾아갔다가 돌아오는 길에서 소매치기를 당한 것이었다. 순욱이 조조에게 천거하려고 하였던 자는 훗날 제갈량과 맞먹는다는 평가를 받는 곽가였다.

곽가는 순욱에게서 조조를 섬기자는 제안을 받았지만 생각을 해보겠다는 말만 하였다.

순욱은 곽가를 데려가지 못한 것이 못내 아쉽기는 하였지만, 생각을 해보겠다는 말에 기대를 걸고 있었다.

"두 분은 어디서 오시는 길이십니까?"

순욱이 그처럼 물어오자 유엽이 감녕을 바라보았다.

감녕도 유엽이 느낀 것처럼 순욱이 함부로 입을 가벼이 놀리지 않을 사람으로 보였다.

어떻게 보면 짧은 만남에 불과했지만, 감녕과 유엽 두 사람이 순욱을 만나고 느낀 점은 그가 평범한 사람이 아니란 것이었다.

유엽은 가볍게 고개를 끄덕거리는 감녕을 보고는 답을 해주었다.

"문약 공은 혹시 흠차관을 아시는지요?"

"흠차관이라면 요즘 사람들 입에 수시로 회자되는 분이시지요. 지난해 청주에서 있었던 황건적의 난을 토벌하신 분이시지요?"

"그렇습니다, 저희는 그분을 섬기고 있습니다."

그러면서 유엽은 정식으로 자신을 소개했다.

순욱은 감녕이 청주자사란 말에 놀라워하였고, 유엽은 천자를 대신하는 흠차관의 칙령을 출납하는 어사대부(御史大夫)라고 소개하자 더욱 놀라워하였다.

정식으로 소개를 하고 나자 그들은 다시 자리에 앉았다. 순욱은 두 사람이 이곳 업을 방문한 이유가 궁금하여 물었다.

"그런데 여기는 무슨 일로 오신 겁니까?"

그런 물음에 유엽은 아쉬움이 가득 담긴 말투로 답을 해주었다.

"본초(원소의 자) 공을 만나려고 합니다만 답을 주시지 않더군요. 그래서 배첩만 남기고 돌아오는 길이었습니다."

"그랬군요……."

유엽의 말에 갑자기 순욱의 표정이 굳어졌다.

순욱은 한때 원소의 곁에서 있어봤기에 그의 사람됨을 파악하고 있었다.

원소가 사람을 사귀는 것에 구애를 받지 않고 대범한 것으로 알려졌지만 실상은 다르다고 생각하는 순욱이었다.

'흠차관이라면 요즘 한창 기세가 오르고 있는 자이다. 시기심이 많은 원소라면 쉽게 저들을 만나주지 않을 것이다.'

그런 생각을 하게 되자 순욱은 문득 두 사람을 도와주고 싶었다.

비록 이곳을 떠나게 되었다지만, 원소가 자신을 후하게 대접해 주었다는 것을 상기했다. 만약 자신이 저 두 사람을 원소에게 소개한다면 충분히 만남을 성사시켜 줄 수 있을 것 같았다.

"제가 본초 공과 작지만 친분이 있습니다. 괜찮으시다면 만남을 주선해 보고 싶습니다만, 어떠신지요?"

"오! 그렇게만 해주신다면 감사한 일이지요."

"알겠습니다, 저도 도움을 받았으니 힘써 돕도록 하지요."

다음 날.

순욱은 원소를 찾아가 두 사람에 관한 것을 알려주었다.

원소는 순욱이 혹시나 자신 밑으로 다시 들어오지 않을까 하며 일말의 기대를 하였다. 그런데 흠차관 진수현의 일로 찾아온 것을 알게 되자 불쾌한 기분이 들었다.

하지만 차마 순욱 앞에서 그런 내색을 할 수가 없어 마지못해 두 사람을 만나기로 약속을 잡았다.

감녕과 유엽은 업의 관청 밖 대로에서 이제나저제나 순욱이 나오기만을 기다리고 있는 중이었다.

끼이익!

갑자기 관청의 문이 요란한 소리를 내며 열렸고, 안으로 들어갔던 순욱이 나타났다.

순욱은 서둘러 계단을 내려가더니 두 사람을 향해 보기 좋은 미소를 만들었다.

유엽이 그런 순욱을 보며 다급히 물었다.

"문약 공, 어찌 되었습니까?"

"저자를 따라가면 본초 공을 만나실 수 있을 겁니다."

그러면서 순욱은 관청과 대로의 경계를 나타내는 연석 위에 선 한 문관을 바라보았다.

감녕과 유엽은 순욱이 아니었다면 원소를 만나지 못했을 것이라고 생각하며 공손히 인사를 했다.

"문약 공, 큰 도움을 받았습니다."

"아닙니다, 저 역시 두 분에게 도움을 받았으니 마음에 담아두실 필요는 없습니다. 이제 저는 이만 길을 나서려고 합니다."

그러자 유엽이 아쉬운 표정으로 말했다.

"이렇게 보내는 것이 너무나 아쉽습니다. 언젠가 다시 만날 기회가 있겠지요?"

"그럴 겁니다."

유엽과 감녕은 순욱과의 이별을 아쉬워하며 관청으로 들어섰다.

순욱은 두 사람이 완전히 사라질 때까지 지켜보다 포구가 있는 곳으로 천천히 걸어갔다.

한편, 기주의 주도 업의 조당.

유엽과 감녕을 기다리고 있던 원소가 좌중에 있는 관리들을 보며 물었다.

"흠차관이 왜 사절을 보냈는지 짐작이 가는 사람이 있는가?"

"제가 한 말씀 올려도 되겠는지요?"

원소가 소리가 들려온 곳으로 고개를 돌려보니 자신을 보좌하는 별가(別駕) 전풍이었다.

그는 한때 심배와 더불어 기주목 한복을 섬겼는데, 두 사람은 강직했기 때문에 한복에게서 중용되지 못했다.

그러나 전풍은 박학다식하여 주(州)의 사람들로부터 명성이 자자한 이였다.

원소가 자신을 도와달라는 부탁을 받아들여 별가에 제수되었지만, 한복에게 그러했던 것처럼 여전히 강직한 성품을 유지하고 있었다.

원소는 지금이야 공손찬과의 싸움 때문에 전풍을 중용하고 있었지만, 훗날 전풍의 강직한 성품이 그에게 부담이 되어 한복처럼 그를 멀리하고 말았다.

이런 원소를 두고 훗날 조조를 섬기던 곽가가 어리석은 위인이라 평할 정도로, 그만큼 전풍은 당대에 이름을 널리 알린 뛰어난 명사였다.

"원호(전풍의 자)는 하고픈 말이 있으면 개의치 말고 하게."

"아시겠지만, 어제 배첩을 전했던 자들은 요즘 한창 기세를 올리고 있는 흠차관이 보낸 자입니다."

"그것은 나도 알고 있는 내용이오."

원소는 그러지 않아도 근래에 이름을 떨치고 있는 흠차관 진수현 때문에 심기가 편하지 못했다. 그런데 자신이 거느리고 있는 전풍에게서 그런 말을 들으니 괜스레 배알이 뒤틀려 통명스럽게 답을 해버리고 말았다.

원소는 그런 말을 내뱉고 순간 아차 하며 속관들의 분위기를 살폈다.

하지만 눈치는 약에 쓰려고 해도 없는 전풍이었다.

전풍은 오로지 자신이 하고픈 말만 할 줄 아는 사람인지라 상관인 원소의 심중을 헤아리지 못한 채 계속 말을 이어갔다.

"그 둘이 머나면 이곳까지 찾아온 것은 공손찬 그자가 청주 자사로 임명한 전해 때문일 것입니다. 흠차관이 지난해 청주 지역에서 있었던 황건의 난을 평정하고 감녕이란 자를 자사로 임명하였지요."

"무슨 뜻인지 알겠네. 내게 자신을 지지해 달라는 것이 아닌가?"

"그럴 것입니다."

그때 문관의 안내를 받으며 조당으로 들어서는 감녕과 유엽이 보였다.

원소는 흠차관이 천자를 대신한다는 것을 알고 있었기에 마지못해 자리에서 일어나 두 사람을 맞이했다.

그러자 감녕이 원소에게 공손히 인사를 하며 말했다.

"청주자사 감녕이라고 합니다, 자는 홍패를 씁니다."

"기주목 원소라고 합니다, 자는 본초를 쓰고 있지요. 먼 길에 노고가 커셨습니다. 어서 자리에 앉으시지요."

원소가 정중히 인사를 하면서 자신의 서탁 옆에 있는 자리를 손으로 가리키며 안내했다.

이에 감녕은 조심스럽게 걸어가 자리에 앉았다.

여기서 지금 두 사람이 서로에게 소개하는 관직을 유심히 살펴볼 필요가 있다.

감녕은 원소에게 자사(刺史)로 자신을 소개하였다.

한나라 지방 군(郡)의 태수들을 감찰하는 직위가 자사였다.

하지만 군(軍)의 통수권은 태수들이 가지고 있었다. 그로 인해 태수들이 자사의 감독을 받고 있음에도 오히려 자사들을 무시하는 경우가 속출하게 되었다.

그런 폐단 때문에 후한 시대에 등장한 관직이 주목(州牧)이었다.

주목은 자사에게는 없었던 주의 군 통수권이 부여되면서 권한이 막강해졌다.

그러니 자신을 자사로 소개한 감녕에게는 군 통수권이 없다고 봐야 했고, 스스로 주목이라고 소개한 원소는 기주의 군 통수권을 장악한 것이나 다름이 없었다.

그 때문에 원소는 은연중에 감녕을 깔보고 있었다. 그러다 보니 원소의 입에서 나온 말투는 상당히 건방지게 들렸다.

"흠차관이 보냈다고 들었네만, 무슨 이유로 본인을 찾아온 것이오?"

'저런 무도한 자가!'

이제 20대 초반의 혈기 왕성한 유엽은 가만히 들어보니 원소가 하는 말이 은근히 감녕을 무시하는 것처럼 들리자 화가 치밀었다.

그러나 감녕은 수현을 만나기 전부터 산전수전을 겪은 노련한 위인이라 어떤 감정 변화도 없이 담담하게 말했다.

"흠차관 각하의 친서를 가져왔으니 먼저 읽어보신 후에 얘기를 이어갔으면 합니다."

"그럽시다."

감녕이 유엽을 바라보자, 그는 곁에 두었던 상자를 감녕에게 전해주었다.

그 상자를 서탁에 올려두자 전풍이 조심스럽게 챙기더니 원소의 서탁에 다시 올려두었다.

그러고는 상자를 열어 안에 들어 있는 비단 두루마리를 꺼내 원소에게 바쳤다.

수현의 친서를 천천히 읽어가던 원소는 내색은 안 했지만 엄청나게 놀라고 말았다.

찢어 죽여도 시원찮을 공손찬이 유주에 있는 황숙의 영식을 암살하려고 하였다는 내용이었다.

'허, 공손찬 이놈이 미쳐도 단단히 미쳤구나…….'

원소는 도무지 믿기지가 않는 내용인지라 놀라워하면서 다시금 서신을 읽어갔다.

수현이 자신과 협력하여 공손찬을 응징하자는 대목이 나오자, 원소는 당장 자리에서 벌떡 일어나 만세를 외치고 싶을 정도로 기뻤다.

하지만 보는 눈들이 워낙에 많은지라 내색할 수 없었고, 서신을 전풍에게 내어주며 말했다.

"흠차관의 친서는 잘 보았네, 서신의 내용이 워낙에 중차대한 일이니 속관들과 의논을 해야 할 것 같네. 두 사람은 객청에서 잠시 쉬시게. 결정이 나면 연통을 주겠네."

"그리하지요, 좋은 결과가 나오기만을 기다리겠습니다."

시종일관 감녕을 무시하는 원소였다.

하지만 감녕은 아무 일도 아니라는 듯이 정중한 태도를 잃지 않았다.

객청으로 나가는 감녕을 보며 한때 한복을 섬겼던 관리들은 내심 원소에게 실망하고 말았다.

그러나 명문가의 자제로 반동탁 연합의 맹주까지 지낸 원소이기에, 그의 그런 태도를 당연하게 받아들이는 관리들도 존재하였다.

감녕과 유엽 두 사람이 자리를 비우자, 원소는 좌중의 관리들에게 수현의 서신을 읽어보게 했다.

잠시 시간이 흐른 후, 모두들 엄청난 내용의 서신에 놀라고 당황하는 기색이 역력했다.

원소는 자신에게 한복이 장악한 기주를 빼앗으라고 간언하였던 심복이자 책사인 봉기를 보며 물었다.

"이보게, 원도(봉기의 자). 이번 일을 어떻게 처리해야 하겠는가?"

"서신의 내용에 따르면 공손찬 휘하에 있는 양락현령 문칙이란 자가 황숙의 영식을 해하려고 하였습니다. 이는 공손찬이 죽어 마땅한 이유가 됩니다. 또한 공손찬은 역적 동탁에게 표를 올려 전해를 청주자사에 임명하였지요. 이는 역적 동탁과 손을 잡았다는 뜻이니 이 역시 공손찬이 죽어 마땅한 이유가 됩니다. 이처럼 대의명분이 주공에게 있으니 즉시 군을 움직여야 합니다."

"그것은 아니 될 일입니다!"

갑자기 누군가 소리치자 모두의 시선이 그자에게 쏠렸다. 당당하게 반대하고 나선 이는 바로 전풍이었다.

원소는 굳은 표정으로 전풍에게 물었다.

"원호는 왜 안 된다고 말하는 것인가?"

"아시다시피 현재 아군은 공손찬과의 전투에서 연전연패를 거듭하여 사기가 바닥에 떨어진 지 오래입니다. 만에 하나 일이 잘못된다면 이곳마저 위태롭게 됩니다. 만약 이곳마저 공손찬에게 내어준다면 더 이상 물러날 곳이 없게 됩니다. 그러니 섣불리 나설 일이 아니라고 여겨집니다."

"주공, 원호 공의 말은 일견 타당하지만 무릇 병가에서 최선은 싸우지 않고 승리하는 것이고, 부득이하게 싸울 때는 신속해야 한다고 하였습니다. 유주 계에 있는 황숙의 군과 요동에 있는 흠차관의 군이 합세한다면 승산은 저희에게 있습니다."

"흐음……"

신음을 토해내는 원소는 전풍의 말을 떠올리자 자신도 모르게 고개를 끄덕였다.

전풍의 말처럼 자신은 군이 공손찬과 싸울 이유가 없는 것처럼 여겨졌다. 지금은 병사들을 양성하고, 후일을 기약하는 것이 옳은 것이라는 생각이 들었다.

제10장
백마장군 공손찬의 몰락 上

　원소는 전풍의 말대로 지금은 인내하고 기회가 찾아오기를 기다려야 할 때라고 보았다.

　자칫 일이 잘못되기라도 한다면 자신의 앞날이 불안하다는 생각을 했다. 만약 이곳 업을 잃으면 자신은 한 줌의 땅조차 없는 떠돌이 신세로 전락할 것이란 불길한 생각이 들었다.

　원소는 전풍의 말을 곰곰이 생각하다가 문득 봉기가 주장한 것을 떠올렸다.

　'어찌한다… 싸우자니 불안하고, 그런다고 모른 척할 수도 없으니…….'

원소는 봉기의 주장대로 공손찬과 싸울 생각을 하자 마음 속에서 울분이 치솟았다.

　그동안 씹어 먹어도 시원찮을 공손찬에게 줄곧 처절할 정도로 당하기만 하였다. 그런데 흠차관 진수현과 손만 잡으면 그동안 당한 것을 고스란히 되갚아줄 수 있는 절호의 기회가 올 것 같았다.

　하지만 막상 공손찬과 싸울 생각을 하자 원소는 쉽게 결정을 내리지 못했다.

　한창 기세가 오른 공손찬의 병사들을 상대할 엄두가 나지 않는 것이 그의 솔직한 심정이었다.

　원소의 우유부단한 성격이 이번에도 여실히 드러났다.

　원소가 대업을 도모하기에는 과단성이 부족했다. 그는 이러지도 못하고 저러지도 못하며 결정을 차일피일 미뤘다.

　그러다 보니 객청에서 머물고 있는 감녕과 유엽은 초조한 마음으로 시간을 보내야만 하였다.

　그렇게 하는 일 없이 시간은 흘러갔고, 감녕과 유엽이 객청에 머문 지도 여러 날이 흘렀다.

　두두두!

　두… 두!

　"비키시오!"

많은 사람들이 오가는 업의 대로를 말을 몰아가며 거침없이 내달리는 전령이 보였다.

사람들은 전령이 크게 소리치자 황급히 길가로 물러섰다.

그 전령은 업의 최전선 방어 기지인 계교에서 오는 중이었고, 사람들의 안위를 신경 쓸 겨를이 없을 정도로 다급해 보였다.

정신없이 대로를 내달린 끝에 전령은 마침내 원소가 있는 관청에 도착했다.

한편, 오늘도 수현과의 협력을 두고 가부간의 결정을 내리지 못하고 있는 원소였다.

조당의 관리들과 같은 안건을 두고 의논만 하고 있는 중에 갑자기 요란한 소리가 밖에서 들려왔다.

"전령입니다!"

덜컹!

조당의 문이 벌컥 열림과 동시에 먼지를 잔뜩 뒤집어쓴 전령이 안으로 들어오더니 원소 앞에 군례를 올렸다.

갑작스러운 전령의 등장에 놀란 원소가 다급히 물었다.

"어디서 왔느냐?"

"계교에서 오는 길입니다! 정찰에 의하면 공손찬이 대군을 이끌고 남하 중이라 합니다!"

"뭐라! 병력은 얼마나 되더냐!"

전령의 말에 원소가 놀라서 벌떡 일어났고, 관리들 또한 자리에서 일어나 지켜보았다.

원소의 물음에 그 전령은 공손찬이 3만의 대군을 이끌고 기주 거록군 인근에 위치한 계교 방면으로 진격을 해온다고 자세히 전하였다.

기주의 주도 업!

원소(袁紹)가 근거지로 삼았던 곳이다. 하지만 원소가 조조에게 패하여 202년에 죽은 뒤, 그 원소의 아들인 원상(袁尙)이 업에서 조조에게 저항하였으나 건안 9년(204년)에 조조에 의해 함락되었다.

이후 업은 조조의 근거지가 되었으며, 조조가 213년에 위공(魏公)에 오르자 수도로 결정되었다. 이어 216년 조조는 위왕(魏王)에 올랐고 수도인 업에 왕궁을 지어 생활하였다.

그런 유구한 역사를 간직한 업은 지리적으로도 상당히 중요한 곳이었다.

업은 화북 평원과 황하 지류 인근에 위치하여 상업적, 군사적으로도 중요한 도시였다. 또한 황하를 따라 후한의 수도 낙양까지 연결된 수로가 발달되어 있었다.

특히 업의 물동량의 상당 부분은 계교 인근에 위치한 포구를 통해 각지로 운반되었다. 그만큼 계교는 업의 심장부라고 봐야만 했다.

만약 공손찬이 계교를 장악하여 물류 이동을 차단한다면 업은 심대한 타격을 받을 수밖에 없었다.

공손찬과 원소가 기주의 패권을 차지하기 위해 결전을 벌였던 곳으로, 이 싸움은 훗날 계교전투로 알려진다.

전령이 보고를 마치고 조당을 빠져나가자 황급히 정신을 수습하는 원소였다.

"객청에 있는 두 사람을 들라 하라!"

원소는 갑작스러운 사태에 적잖이 당황한 듯, 그동안 객청에 방치하다시피 하였던 감녕과 유엽을 호출했다.

두 사람이 오기를 기다리는 동안 원소는 심각한 표정으로 변했다.

조당 안은 바늘이 떨어지는 소리가 들릴 정도로 고요한 적막만이 감돌았다. 그만큼 속관들도 계교를 잃으면 이곳 업이 위태롭게 된다는 것을 잘 알고 있었다.

잠시간의 시간이 지나자 유엽과 감녕이 안으로 들어왔다.

두 사람은 한순간에 조당의 분위기가 심상치 않음을 느끼면서 자리를 잡고 앉았다.

그러자 기다렸다는 듯이 입을 여는 원소였다.

"이보시오, 청주자사."

"예, 본초 공."

"조금 전에 전령이 전하기를 공손찬 그놈이 3만의 대군을 이끌고……."

원소의 설명을 듣게 되자 감녕은 자신도 모르게 표정이 굳어져 갔다.

감녕은 흠차관 진수현을 만나기 전에는 상인이었다. 그러니 계교에 대해서도 잘 알고 있었다.

만약 계교가 공손찬에게 뚫리면 곧바로 이곳 업까지의 길이 열리게 되었다. 말 그대로 공손찬은 별다른 저항을 받지도 않고 업성까지 진격이 가능해진다.

'끝내 이곳에서 농성을 해야 하는 것인가…….'

감녕이 그런 생각을 하고 있을 때였다.

원소의 설명을 들은 유엽이 그동안 구상해 두었던 계획을 말하기 시작했다.

"공손찬이 계교로 진격을 해온다면 이곳과 가까운 곳에 있는 평원을 견제하여야 합니다. 그리해야만 평원에서 공손찬을 지원하는 것을 막을 수가 있습니다."

그러자 유엽의 말을 거들고 나서는 전풍이었다.

"그렇습니다, 평원을 방치한다면 분명 공손찬을 도울 것입니다."

"그럼 전에 말한 것처럼 평원을 그대들이 맡아줄 것인가?"

원소의 물음에 유엽은 감녕을 바라보았다.

이번 원소와의 협상 주체는 감녕이었고, 그의 결정에 따라

야만 하는 유엽이었다.

'그동안 방치할 때는 언제고, 발등에 불이 떨어지니 저렇게 돌변하는구나……'

그런 생각을 한 유엽은 성질대로라면 보란 듯이 자리를 박차고 일어나 조당을 나가고 싶었다. 하지만 그럴 수가 없다는 것을 잘 알기에 감녕에게 살짝 고개를 끄덕거리는 것으로 협상에 찬성한다는 뜻을 전했다.

그러자 입을 여는 감녕이었다.

"저희는 청주로 돌아간 후에 군을 정비하여 평원으로 이동하겠습니다. 어떻게든 평원에서 공손찬을 지원하는 것을 막아보겠습니다."

"좋소이다! 그럼 나는 계교로 가서 공손찬을 상대하겠소이다!"

그렇게 하여 원소와의 협상은 체결되었다.

감녕과 유엽은 협상이 체결되자 즉시 배편을 이용하여 청주의 북해로 이동했다. 그곳에는 요동의 수군 1만이 대기 중인 상태였다. 감녕은 요동 수군을 이끌고 평원으로 진격하여 공손찬을 지원하지 못하게 막아내야만 했다.

그러나 평원은 유비 삼형제가 단단히 지키고 있는 곳이라 어떻게 될지는 아무도 모르는 일이었다.

원소는 업을 수비할 병력으로 1만을 남겨두고, 안량을 수비대장으로 임명하여 그에게 지휘를 맡겼다.

그런 준비를 하는 한편으로 공손찬을 맞아 싸울 장수를 정했는데, 휘하 무장 중에 용맹하기로 이름난 문추로 하여금 1만의 중군을 지휘토록 하였다. 또한 무장 국의에게 5천의 병력을 내어주어 선봉장으로 삼았다.

그리고 원소 자신은 1만의 예비대를 지휘하여 공손찬을 상대하기로 결정을 보았다.

그렇게 원소는 전풍을 군사로 삼아 총병력 2만 5천을 이끌고 서둘러 계교 방면으로 이동했다.

*   *   *

한편, 그 무렵 흠차관 진수현은 북평을 목표로 빠르게 남하하고 있었다.

북평은 공손찬의 근거지였다. 성이 견고하여 쉽게 함락되지 않을 것이라고 대부분의 사람들이 입을 모아 말하는 곳이었다.

그럼에도 수현이 이끄는 10만의 요동군은 거침없이 진군하였고, 마침내 양락현 인근에 있는 갈석산에 도착하였다.

수현은 이번 일의 발단이 된, 양락현령 문칙이 통치하던 성을 공략하기 위한 사전 작업을 진행하기로 결정을 내렸다. 이에 그는 정찰대를 이용하여 양락현의 동태를 살피려고 하였다.

바로 그 순간이었다.

선봉장으로 삼았던 답돈의 부대에 속한 모용부족의 전령 하나가 빠르게 말을 몰아오는 것이 보였다.

그 전령은 수현이 보이자 다급히 말고삐를 잡아당겼다.

히이이잉!

길게 울음을 토해내며 달리던 말을 멈춘 전령을 본 수현은 말에 올라탄 상태에서 그에게 물었다.

"무슨 일이냐?"

"흠차관 각하, 며칠 전에 양락현령 문칙이란 자가 북평으로 도망쳤다고 합니다. 지금 양락현을 장악한 자는 최거업이란 자인데, 그자가 서신을 보내왔습니다."

"아! 최거업! 어서 가져오너라."

수현은 예전에 전령을 통해서 유화의 소식을 접했었다. 그때 최거업이란 자의 도움으로 유화가 도망칠 수 있었다는 것도 전해 받았었다. 그는 최거업이 양락현을 점령했다는 것에 기뻐하며 전령이 전해준 서신을 빠르게 읽어갔다.

최거업은 양락현령 문칙이 도망치자 산을 내려와 성을 점령해 버렸다.

그런 후에 수현이 군을 이끌고 갈석산 인근에 도착하자 서신을 보내어 그런 사실을 전해주었다. 또한 아무런 조건 없이 양락현을 수현에게 바치겠다고 하였다.

서신을 읽어가던 수현은 피 한 방울 흘리지 않고 양락현을 점령하게 되었다는 것에 엄청나게 기뻐했다.

수현은 서신에 적혀 있는 대로 군을 양락현으로 이동하라는 명령을 내리더니, 자신은 먼저 최거업을 만나기 위해 앞서 갔다.

양락성은 공손찬이 북방의 전초기지로 삼았기 때문에 다른 곳보다도 성벽이 높고 두터웠다.

하지만 아무리 성이 견고하다고 하여도 식량이 없다면 무용지물이나 다름이 없었다.

양락현령 문칙은 공손찬에게서 북평으로 후퇴하여 수비에 합류하라는 명령을 받자마자 지체하지 않고 도망쳐 버렸다. 그러면서 문칙은 성안에 비축해 두었던 엄청난 양의 식량을 북평으로 가지고 갔다. 그리고 남아 있는 식량은 모조리 불태워 버렸다.

그로 인해 지금 양락성 안에는 병사들이 먹을 식량이 남아 있지 않았다. 수현은 그런 사정을 성의 북문 밖으로 마중 나온 최거업을 통해 전해 받게 되었다.

수현은 양락현의 조당에서 간략하게 예하 부대의 현황을

보고받더니 최거업을 보며 말했다.

"이보게, 최 공."

"예, 흠차관 각하."

"듣자하니 자네는 이곳 출신이라고 하던데, 사실인가?"

"예, 그렇습니다."

"어떤가, 나와 함께 일해보지 않겠는가?"

"그, 그 말씀은?"

"말 그대로이네. 나는 자네가 유랑민들을 위해 헌신하였다는 것을 익히 알고 있었다네. 그러니 이제는 나를 도와주었으면 하네. 어떤가?"

수현은 흉갑에 태양 형상의 원형 장식이 있는 갑옷인 묵빛 명광개(明光鎧)를 입고 있었다.

명광개는 주로 후한 시대 장수들이 즐겨 입었는데, 보는 이의 기선을 제압하고자 각종 보호구를 제대로 갖춘 특징이 있었다.

최거업은 명광개를 제대로 갖춰 입은 수현의 위풍당당한 모습을 보게 되자 순간 갈등이 생겨났다.

본래 그는 원소의 휘하로 들어가서 공손찬과 싸우고 싶었다.

그런데 갑작스러운 제안을 받게 되자 고민이 되는 것은 당연했다.

'어차피 공손찬과 싸울 수만 있다면 굳이 원소를 찾아갈 필요는 없겠지.'

그렇게 결심이 서자 최거업은 자리에서 일어나더니 수현을 향해 공손히 예를 올렸다.

"저는 보잘것없는 필부입니다. 부족하지만 거두어주신다면 성심을 다해 흠차관 각하를 보필하겠습니다."

"고맙네."

수현은 자리에서 일어나 최거업에게 다가가더니 그의 손을 힘껏 붙잡아주었다.

최거업은 천자를 대신한다는 지고한 신분을 가진 흠차관이 자신의 손을 힘껏 잡아주자 감격하는 기색이 역력하였다.

『삼국지 더 비기닝』 4권에 계속…

초대형 24시 만화방

신간 100%, 샤워실, 흡연실, 수면실(침대석), 커플석, 세탁기 완비

■ 시흥 정왕25시점 ■

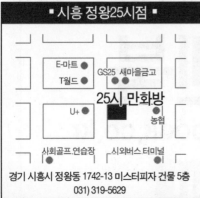

경기 시흥시 정왕동 1742-13 미스터피자 건물 5층
031) 319-5629

■ 강북 노원역점 ■

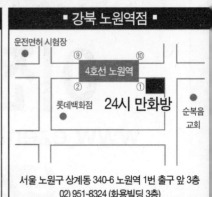

서울 노원구 상계동 340-6 노원역 1번 출구 앞 3층
02) 951-8324 (화용빌딩 3층)

■ 일산 정발산역점 ■

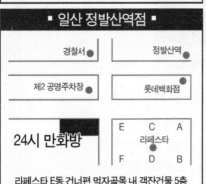

라페스타 E동 건너편 먹자골목 내 객잔건물 5층
031) 914-1957

■ 일산 화정역점 ■

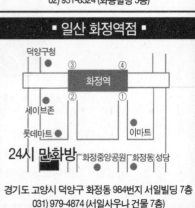

경기도 고양시 덕양구 화정동 984번지 서일빌딩 7층
031) 979-4874 (서일사우나 건물 7층)

■ 부천 역곡역점 ■

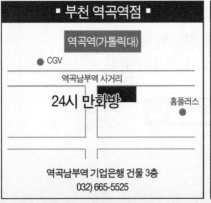

역곡남부역 기업은행 건물 3층
032) 665-5525

■ 부평역점 ■

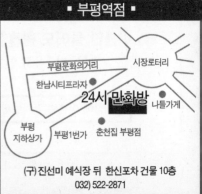

(구) 진선미 예식장 뒤 한신포차 건물 10층
032) 522-2871

보신제일주의

保身第

FANTASTIC ORIENTAL HEROES
김용진 新무협 판타지 소설

황실 다음가는 권력을 지녔다고 하는
천문단가(千文團家)에서 오대독자가 태어났다.
그리고 그 아이는 튼튼하게 자라났다.
…굉장히 튼튼하게.

『보신제일주의』

"다 큰 어른들도 하기 힘들어하는 수련인데
공자께서는 요령도 피우시지 않는군요. 대단합니다."

"건강하게 오래 살려면 해야 하는 일이니까요."

취미는 삼 뿌리 씹기, 약탕기는 생활필수품!
그리고 추구하는 건 오로지 보신(保身)!
하지만… 무림의 가혹한 은원은 피할 수 없다.

"각오완료(覺悟完了)다. 살아남아 주마!"

Book Publishing CHUNGEORAM

유행이 아닌 자유추구
WWW.chungeoram.com

고검독보

천성민 新무협 판타지 소설

FANTASTIC ORIENTAL HEROES

강남 무림을 일대 혼란에 빠뜨린 마라천.
그들을 막아선 것은
고독검협(孤獨劍俠)이라 불린 일대고수였다.

마라천이 무너지고 난 후,
홀연 무림에서 모습을 감춘 고독검협.

그리고 수 년…….

그가 다시 무림으로 나섰다.
한 자루 부러진 녹슨 검을 든 채로……!

Book Publishing CHUNGEORAM

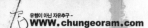

유행이 아닌 자유추구 -
WWW. chungeoram.com

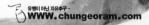